PESCIROSSI
NARRATIVA

I0682892

FRANCO CASADIDIO
QUANDO ARRIVERÀ LA PRIMAVERA

PESCIROSSI

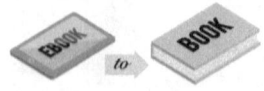

L'ebook è molto di +
Seguici su facebook, twitter, ebook extra

© 2015 goWare, Firenze

ISBN 978-88-6797-332-3

Copertina: Lorenzo Puliti
Impaginazione: Giacomo Fontani

goWare è una startup fiorentina specializzata in digital publishing

Fateci avere i vostri commenti a: info@goware-apps.it
Blogger e giornalisti possono richiedere una copia saggio a Maria Ranieri:
mari@goware-apps.com

A mia moglie Maria Rita e ai miei figli Luca e Sara

Il mercato di Maria

"Stamattina l'inverno fa proprio sul serio" pensava tra sé Maria mentre, uscendo dal portone della palazzina al numero 6 di Klenzerstrasse dove abitava, si avviava al lavoro. Per tutto il giorno precedente la neve non aveva mai smesso di scendere su Monaco, seguita, quando le luci della sera erano calate ormai da qualche ora, da un vento gelido proveniente dal nord che non faceva altro che aumentare la sensazione di freddo.

La neve per la capitale bavarese non era certo un evento raro e tutti erano preparati ad affrontare qualsiasi emergenza, ciò nonostante i marciapiedi e parte delle strade erano ancora imbiancati quando la città, il mattino seguente, si era risvegliata per iniziare una nuova giornata.

Arrivata alla soglia dei sessant'anni, Maria era ancora una bella donna, di una bellezza discreta, non appariscente, ma capace di attirare anche adesso gli sguardi di molti uomini. Di corporatura robusta, non molto alta e con capelli corvini che amava tenere quasi sempre legati con piccoli elastici e fermagli, Maria aveva due occhi verde smeraldo con folte sopracciglia ben disegnate e labbra vermiglie e carnose che avevano fatto breccia in più di un cuore in gioventù. Il passare degli anni e la comparsa dei primi capelli grigi e delle prime rughe intorno agli occhi non avevano tolto nulla al fascino tutto mediterraneo della donna e di certo non costituivano per lei un problema.

«Buongiorno Maria, fa freddo eh!» la salutò il titolare dell'edicola situata a pochi metri da casa sua.

«Buongiorno a te Manfred. Eh sì, oggi fa proprio freddo, speriamo almeno che gli affari ci regalino qualche soddisfazione in più. Ci vediamo stasera, buon lavoro.»

Avvolgendosi nella pesante sciarpa di lana bianca e rossa come i colori del Bayern Monaco, la donna si incamminò lungo la Reichenbachstrasse ancora semideserta ma che di lì a un paio d'ore si sarebbe trasformata, come sempre, in una delle vie più affollate della città, sfociando a Viktualienmarkt, il mercato alimentare più famoso della Germania. Maria era la titolare di uno dei tanti banchi del mercato, uno di quelli situati proprio a ridosso del Maibaum, l'albero del maggio tipico della Baviera. L'attività l'aveva ereditata dal padre, che a sua volta l'aveva ereditata dal nonno di Maria, giunto in Germania dalla lontana Sicilia negli anni Venti del Novecento. Rosario, questo il nome del nonno, aveva avuto una storia particolarmente avventurosa che amava raccontare ai suoi parenti, ma soprattutto ai tanti clienti che quotidianamente facevano la fila per comprare frutta e verdura provenienti dal Bel Paese e trasportati freschi in Baviera ogni giorno.

L'allora ventenne Rosario Coppola era giunto a Monaco il 9 novembre del 1923 dopo un viaggio in treno durato quasi quattro giorni, viaggio pagato con i risparmi accantonati dalla madre in tanti anni di duro lavoro come sguattera alle dipendenze del marchese Lo Jacono, signore di Sciacca, il paese natale della famiglia Coppola. In Sicilia non c'era lavoro e la madre di Rosario, rimasta vedova quando il figlio aveva due anni, sperava che quel suo figliolo, magro e smunto come un monaco stilita, potesse sfuggire a un futuro di miseria e di stenti emigrando all'estero, come già fatto da migliaia di altri siciliani. La scelta di trasferirsi a Monaco era stata quasi obbligata, visto che lì viveva da una decina di anni lo zio di Rosario. Emigrato anche lui in cerca di fortuna, l'uomo aveva avviato una piccola attività di barberia che gli consentiva di vivere dignitosamente insieme alla moglie e ai loro sei figli.

Rosario partì da Sciacca la mattina del 5 novembre con una misera valigia quasi vuota e con le lacrime agli occhi alla vista di sua madre che, trattenendo a stento i singhiozzi, lo salutava in piedi sul marciapiede della stazione, avvolta in un soprabito nero che la faceva apparire ancora più piccola di quanto non fosse. Già il viaggio si rivelò una piccola avventura, anche a causa del freddo che aumentava man mano che ci si allontanava dal sud Italia per dirigersi verso il nord. Rosario non era mai uscito dal suo paese natale e la vista della stazione di Roma per poco non lo fece svenire dallo spavento.

"Ci sono più persone in questa stazione di quelle che ho visto in tutta la mia vita a Sciacca!" pensò il giovane.

Nonostante che tra l'arrivo del treno dalla Sicilia e la partenza di quello per la Germania ci fosse un intervallo di quasi due ore, Rosario rischiò di perdere la coincidenza, tanto era frastornato da quella gran confusione. Il viaggio verso nord fu un calvario per il povero ragazzo, costretto a ripararsi dal freddo con i semplici vestiti con i quali era partito due giorni prima da casa sua dove, a differenza di lì, c'erano ancora trenta gradi e sembrava di essere in primavera anziché in autunno. Del resto, aprire la valigia di cartone alla ricerca di qualcosa con cui coprirsi sarebbe stato inutile, visto che quelli indossati erano anche gli unici abiti posseduti dal giovane e la valigia conteneva solamente qualche indumento intimo, due fazzoletti e una discreta quantità di melanzane e pomodori che sua madre aveva pensato bene di inviare al fratello in Germania, ma che Rosario dubitava fortemente sarebbero arrivati a destinazione in condizioni accettabili.

Vincendo il freddo, la fame e il senso di smarrimento che lo aveva assalito non appena varcato il confine, alla vista di quegli immensi paesaggi montani già imbiancati dalla prima neve autunnale, il 9 novembre Rosario giunse alla Hauptbahnhof di Monaco e se anche stavolta evitò lo svenimento fu soltanto perché, appena sceso l'ultimo gradino del treno, scorse la figura dello zio materno a rassicurarlo. In verità non è che i due si conoscessero personalmente, perché il fratello di sua madre aveva vissuto quasi sempre a Palermo prima di emigrare, ma nonostante questo i due si trovarono al volo, anche perché il 9 novembre del 1923 di monacensi alla Hauptbahnhof ce n'erano veramente pochi, ma ancor meno erano i siciliani... Anzi, a essere precisi ce n'erano solamente due!

Erano le undici del mattino quando i due si avviarono a piedi verso la bottega dello zio, che si trovava in una traversa dell'odierna Briennerstrasse. La giornata sembrava tranquilla, forse anche troppo per le aspettative di Rosario: poca gente in giro e quei pochi sembravano avere una maledetta fretta di rientrare in casa o di chiudersi in qualche locale, come se stessero fuggendo da qualcosa o da qualcuno. Neanche lo zio di Rosario capiva il perché di questa situazione, ma quando i due si avvicinarono alla Odeonsplatz il perché divenne chiaro a entrambi: Rosario era giunto a Monaco proprio nella giornata sbagliata!

La sera precedente, infatti, durante un comizio alla Burgerbräukeller, Hitler e un manipolo di SA, dopo aver preso in ostaggio alcuni politici locali e aver occupato la sede del governo e quella della radio bavarese, avevano tentato di impadronirsi del potere attraverso un putsch, un colpo di stato. La mattina seguente, le scaramucce tra putschisti e forze governative erano continuate mettendo a repentaglio l'incolumità della popolazione civile, fino ad arrivare allo scontro sulla Odeonsplatz: nazionalsocialisti da una parte e polizia bavarese dall'altra si fronteggiavano pronti allo scontro.

Improvvisamente da uno dei due schieramenti partì un colpo di pistola che scatenò l'inferno. Allo scontro armato seguì un fuggi fuggi generale con la polizia che inseguiva nelle strade limitrofe i manifestanti, mentre decine di corpi restavano a terra feriti o addirittura senza vita.

In tutto questo caos, lo zio fece appena in tempo a spingere Rosario all'interno della bottega e ad abbassare la saracinesca per mettersi al sicuro, che una serie di colpi di arma da fuoco raggiunsero il negozio bucherellando la serranda. Rosario temette seriamente di finire ammazzato, ma questo, invece che provocargli paura, lo fece prorompere in una risata nervosa, una risata che sembrava non avere fine.

«Insomma, si può sapere cos'hai da ridere?» chiese lo zio, visibilmente contrariato da quell'atteggiamento.

«Beh zio, scusami, ma l'idea di aver fatto quasi duemila chilometri per venire a morire ammazzato in Germania ha qualcosa di buffo, specialmente per uno come me che viene dalla Sicilia, dove un giorno sì e l'altro pure la gente si ammazza a colpi di lupara!»

In effetti lo zio non poteva dargli torto: abbandonare la Sicilia, terra stupenda ma devastata dalla mafia, per venire a morire a Monaco nel bel mezzo di un conflitto armato, racchiudeva in sé qualcosa di tragicomico.

Per loro fortuna le cose andarono diversamente: il putsch fallì e Monaco tornò alla sua vita normale, regalando a Rosario quelle opportunità che sua madre aveva sperato.

Per i primi mesi il lavoro da garzone nella barberia di suo zio risultò utilissimo per apprendere la lingua e per conoscere i monacensi e la loro città. Poi poco a poco Rosario, che era un ragazzo sveglio e intraprendente, cominciò a rendersi autonomo e indipendente.

L'occasione giusta arrivò grazie alla conoscenza, fatta alla barberia, di un imprenditore di Monaco specializzato in import-export di vino dall'Italia.

«Sai Rosario, vorrei provare ad aprire un'attività al dettaglio qui a Monaco e tu mi sembri proprio la persona giusta. Conosci entrambe le lingue e con la gente ci sai fare. Che ne diresti di venire a lavorare per me?»

L'offerta era di quelle che non si potevano rifiutare, e infatti dopo un paio di mesi il nuovo locale era aperto al pubblico nella centralissima Frauenplatz, proprio di fronte alle torri della Frauenkirche, e Rosario aveva il suo bel da fare per servire da bere ai tanti clienti che ogni giorno varcavano la soglia del negozio.

Trascorsi tre anni, Rosario decise che era giunto il momento di mettersi in proprio e l'opportunità gliela diede la cessione di un'attività di ortofrutta nel Viktualienmarkt, il mercato alimentare più grande della città. L'inizio non fu semplice, anche perché gli altri venditori avevano non pochi pregiudizi verso il primo *Ausländer* di tutta la storia del mercato; poi, lentamente, le cose migliorarono e Rosario raggiunse quella tranquillità economica e professionale che gli permise di metter su famiglia.

Dal matrimonio con Carmela, una bellissima ragazza mora anche lei figlia di emigranti siciliani da anni residenti a Monaco, nacque un bel bimbo che, ironia della sorte, con i suoi capelli biondi e gli occhi azzurri sembrava più tedesco di un tedesco 'vero'.

Francesco, questo il nome del bimbo, venne alla luce il 29 ottobre del 1929 proprio mentre la borsa di Wall Street subiva un tracollo spaventoso, che di lì a qualche mese avrebbe gettato il mondo in una delle crisi economiche più gravi della sua storia. Nonostante la brutta stella sotto la quale era nato, Francesco ebbe un'infanzia serena e tranquilla, coccolato dai suoi genitori e dai parenti della mamma, ma anche amato e benvoluto dai colleghi e dai tanti clienti del padre che lo avevano subito eletto a loro mascotte.

Il 30 gennaio del 1933, quando metà della Germania esultava per la nomina di Adolf Hitler a cancelliere del Reich e l'altra metà si disperava per lo stesso motivo, Francesco trotterellava tranquillamente tra le bancarelle del Viktualienmarkt, divertendosi a tirar palle di neve ai passanti, per la maggior parte ancora ignari della triste sorte che li attendeva. Tra i clienti di suo padre ce n'erano molti di religione ebraica e Francesco li scrutava sempre con curiosità quando si presentavano al banco con l'immancabile kippah che indossavano con ogni condizione meteo: soprattutto per loro quel 30 gennaio segnò uno spartiacque oltre il quale si celavano le tenebre della violenza e della persecuzione.

Francesco cresceva forte e sano, frequentava la scuola con buon profitto e, nel tempo libero, non mancava di aiutare suo padre al banco del mercato. Nonostante la giovane età, il bambino ci sapeva fare con i clienti e riusciva a instaurare con loro un rapporto di fiducia che spesso difettava anche ai venditori più anziani. Soprattutto le vecchie signore della Monaco bene amavano farsi servire da quel bel bambino biondo, sempre sorridente e allegro che non mancava mai di inserire nei suoi discorsi in perfetto tedesco qualche locuzione o espressione italiana, cosa che lo rendeva ancora più simpatico agli occhi della gente.

«Guten Tag Frau Müller, *come va*?» era il suo saluto quotidiano alla signora Angelika Müller, moglie del direttore delle poste bavaresi e fedelissima cliente da molti anni.

«Alles gut, danke, *e tu come stai*?» la risposta della signora, che parlava un ottimo italiano avendo vissuto per qualche anno a Sirmione del Garda al seguito del padre, rappresentante di un'azienda farmaceutica tedesca.

Ogni mattina, prima di andare a scuola, Francesco passava al mercato a salutare il padre e tutti gli altri venditori, ognuno dei quali era solito fargli un regalo: Karl gli regalava sempre un piccolo panino col würstel, Monika una margherita o una rosa per la maestra, Gunther, il 'nonno' del Viktualienmarkt con i suoi ottant'anni ben portati, gli regalava invece delle piccole perle di saggezza yiddish che, come gli ripeteva sempre, lo avrebbero aiutato nel corso della vita.

«Ricorda, Francesco» gli disse un giorno l'uomo, «Dio non poteva essere ovunque, perciò ha creato le madri.»

Quella frase continuò a ronzare nella testa del bimbo per tutto il giorno fin quando la sera, mentre erano riuniti tutti e tre intorno al tavolo per la cena, trovò il coraggio di ripeterla ai suoi genitori.

«Mamma, che fai, piangi?» chiese Francesco alla vista di una lacrima che rigava il volto della donna.

«No tesoro, la mamma non piange, la mamma è felice; la frase che hai detto è bellissima.»

«Lo so, mamma» fece lui drizzandosi tutto impettito sulla sedia, felice per quell'osservazione, «è per questo che mi sono sforzato di ricordarmela per tutto il giorno e, per non correre il rischio di dimenticarla, l'ho anche scritta sul quaderno di scuola» e corse in camera sua a prendere il quaderno sul quale, con una perfetta calligrafia, aveva riportato la frase di Gunther.

La mattina del 10 novembre del 1938, però, l'atmosfera risultò ben diversa da quella gioiosa cui era abituato Francesco. Lungo la strada da casa sua, in Sendlingerstrasse, al mercato, c'erano una quantità impressionante di vetrine andate in frantumi. Decine e decine di negozi con le vetrine sfondate, distrutte, mentre su quel poco che rimaneva ancora integro erano state dipinte delle grandi stelle gialle con una scritta sotto: "Achtung Juden". Al mercato molti banchi erano chiusi e anche qui qualcuno aveva dipinto, sopra le imposte sprangate, quella stella gialla a sei punte che Francesco non aveva mai visto prima. Come se non bastasse, in giro c'erano tantissimi militari, ma non soldati della Reichswehr, no, quelli Francesco li conosceva bene anche per averli visti tante volte venire a comperare frutta al banco del suo babbo, bensì altri militari, con uniformi nere e sguardi torvi che facevano gelare il sangue nelle vene e che sembravano incutere una paura folle a tutti.

«Papà, cosa succede? Cosa sono tutti quei vetri rotti e perché molti banchi sono chiusi? Dov'è il signor Gunther?». In un primo momento Rosario non aprì bocca, ma non perché non sapesse cosa rispondere, bensì perché due di quei soldati in uniforme nera stazionavano fissi davanti al suo banco, così come davanti agli altri rimasti ancora aperti, con aria inquisitoria. Poi, vedendo crescere la paura negli occhi del bambino anche a causa di quel suo prolungato silenzio, l'uomo si fece coraggio.

«Niente, niente, figliolo, vai a scuola altrimenti rischi di arrivare tardi; e non ti preoccupare, ci vediamo a casa stasera. Su adesso, vai, vai...»

Nell'ingenuità dei suoi nove anni Francesco non immaginava l'abisso nel quale la Germania stava precipitando e la gravità di quanto accaduto nella *Kristallnacht*, la notte dei cristalli: lo avrebbe imparato di lì a poco, come la maggior parte dei tedeschi.

Passata la guerra, Francesco terminò gli studi da ragioniere ma, al contrario dei suoi compagni di scuola, non si iscrisse all'università ne finì dietro un'anonima scrivania di una delle tante banche, assicurazioni o industrie bavaresi, perché durante il mese di settembre del 1950, poche settimane dopo aver conseguito il diploma, suo padre venne colpito da un ictus.

Per Francesco la sostituzione di suo padre alla bancarella del Viktualienmarkt fu scontata, ma quella che sembrava dovesse essere una soluzione temporanea divenne, invece, definitiva: l'ictus aveva paralizzato Rosario, costringendolo su una sedia a rotelle e rendendolo di fatto impossibilitato a lavorare.

«Come faremo ad andare avanti con tuo padre ridotto in queste condizioni?» singhiozzò in una gelida sera di gennaio Carmela.

«Dai mamma, non fare così, l'attività è ben avviata e a me piace questo mestiere: sarò io a portare avanti il lavoro iniziato da papà. Vedrai, riusciremo a cavarcela e quando il babbo si sarà ristabilito tutto tornerà come prima.»

Carmela corse ad abbracciare suo figlio e lo strinse così forte a sé che per un attimo a Francesco mancò il respiro, ma quell'abbraccio fece superare a entrambi quel momento di sconforto, riuscendo a restituire loro un po' di fiducia nel futuro.

Purtroppo Rosario non si riprese mai. Anzi, dopo pochi anni venne colpito da un nuovo ictus che ne causò la morte: era il 1953, l'anno scelto da Francesco per sposarsi con Barbara, una bella ragazza tedesca sua compagna di scuola fin dalle elementari e sua fidanzata ufficiale da tre anni.

Naturalmente con il lutto che aveva colpito la famiglia il matrimonio venne celebrato in sordina: pochi invitati, un veloce rinfresco e un breve viaggio di nozze a Innsbruck dove viveva la zia materna della sposa; una settimana dopo Francesco era di nuovo dietro al suo banchetto di frutta e verdura pronto per una nuova giornata lavorativa.

«Grüss Gott Frau Müller, *come va?*». La signora Müller, nonostante le sue novanta primavere, era sempre la prima cliente di Francesco e parlava ancora un discreto italiano.

«Grüss Gott Francesco, alles gut. *Quando nasce bambino?*»

«Entschuldigen Frau Müller, meine Frau ist nicht *incinta*!»

«*Ricorda, Francesco: io vecchia, non avere molto tempo per vedere bimbo. Per favore, fate* schnell, schnell!»

Questa era la conversazione che ogni giorno, immancabilmente, Francesco e Frau Müller avevano tra loro mentre l'anziana acquistava qualche mela e «zwei pomidori, nur zwei Francesco». A dir la verità Barbara era incinta di qualche settimana ma, a parte lei e Francesco, nessuno sapeva ancora niente, tanto meno Frau Müller.

Francesco riuscì a mantenere il segreto ancora per poche settimane tanto grande era la felicità di diventare padre. Poi, un bel mattino, diede la notizia a tutti i colleghi, naturalmente non prima di averla data a Frau Müller che, per la gioia, quel giorno comprò ben tre pomodori, a sottolineare l'eccezionalità dell'evento.

Maria venne alla luce il 21 marzo del 1954, primo giorno di primavera, anche se a Monaco tutto sembrava fuorché primavera. I venti centimetri di neve scesi il giorno prima avevano ricoperto l'intera città di una soffice coltre bianca, con Marienplatz che era diventata una sorta di enorme campo di battaglia pieno di bambini che facevano a pallate e di adulti che li guardavano divertiti.

Francesco naturalmente aveva altro a cui pensare e, dopo aver appeso un enorme fiocco rosa alla bancarella, corse all'ospedale per abbracciare Barbara e quel piccolo confettino rosa che era sua figlia, avvolta in un vestitino troppo grande per una bimbetta di due chili scarsi.

Maria divenne ben presto la beniamina del Viktualienmarkt e della signora Müller, che la considerava a tutti gli effetti la nipotina che non aveva mai avuto. Anche lei, come suo padre quando era bambino, trascorreva molto del suo tempo libero in quel posto che a partire dal 1974, anno del diploma, diventò anche il suo luogo di lavoro in sostituzione del genitore.

Tutti questi ricordi tornavano ciclicamente alla mente di Maria quando, ogni mattina alle quattro, suonava la sveglia e lei, ancora assonnata, andava in cucina a fare colazione con una buona tazza di latte e caffè, vero caffè, di quello che basta l'aroma a svegliarti, tutt'altra cosa rispetto a quello preparato dai tedeschi.

«Mi dispiace, ma il caffè proprio non lo sapete fare» ripeteva sempre Maria alle sue amiche tedesche. «Siete bravissimi in tante altre cose ma con il caffè no; lasciatelo fare a noi italiani, lasciatelo preparare a me». Così, ogni volta che si ritrovavano a casa di una o dell'altra, la preparazione del caffè spettava esclusivamente a lei.

Erano ormai trascorsi quasi quarant'anni da quando aveva preso il posto del padre al mercato ma l'entusiasmo che ci metteva era sempre lo stesso del primo giorno. In tanti le avevano proposto di smettere ma lei non si era mai lasciata convincere.

Ci aveva provato prima di tutti Horst, un giovanotto che studiava medicina all'università di Monaco e che si era perdutamente innamorato di lei. Le aveva chiesto di sposarlo e trasferirsi a Colonia dove il padre aveva uno studio medico ben avviato, ma l'idea di lasciare Monaco e il suo banco al Viktualienmarkt aveva spaventato Maria che alla fine aveva garbatamente rifiutato. I due erano rimasti comunque in contatto e si erano anche rivisti molti anni dopo quando Horst, nel frattempo divenuto un conosciutissimo chirurgo, aveva partecipato a un convegno medico organizzato a Monaco e aveva preso alloggio all'hotel Vierjahreszeiten, nell'elegantissima Maximilianstrasse, a poche centinaia di metri dal Viktualienmarkt.

«Maria, buongiorno, ti ricordi di me?»

Sul momento Maria dovette fare un bello sforzo per non mostrare a quell'uomo brizzolato che non si ricordava affatto di lui. Poi, però, qualcosa fece scattare la serratura di quella parte del cervello dove chiudiamo a chiave i nostri ricordi più remoti, facendo illuminare gli occhi della donna come due piccole stelle brillanti.

«Horst, sei tu, non ci posso credere, quanto tempo... quanto tempo...»

I due si intrattennero quasi un'ora nel ricordo delle giornate trascorse insieme, delle belle passeggiate lungo i sentieri dell'Englischer Garten, delle gite domenicali a Starnberg o dei brezeln trangugiati uno dopo l'altro seduti in qualche biergarten della città. Poi venne il momento dei saluti e delle lacrime che però, stranamente, non scesero dagli occhi della donna ma da quelli dell'uomo, a tradire un sentimento tanto forte che evidentemente neanche il tempo e la lontananza erano riusciti a cancellare.

Quella sera a casa, mentre preparava la cena per sé e per il suo gatto Spiridon, ripensando all'incontro del mattino e a come avrebbe potuto essere diversa la sua vita se avesse accettato la proposta di matrimonio di Horst, Maria si rese conto che la sua 'vera' vita era quella che stava vivendo, quella del Viktualienmarkt, e nessun'altra avrebbe potuto sostituirla in maniera degna.

Negli anni seguenti ci furono altre storie per lei, tutte irrimediabilmente finite quando il fidanzato di turno le chiedeva di sposarla, accompagnando subito la richiesta con l'altra, ben più impegnativa per la ragazza: rinunciare alla sua attività. In questo modo erano trascorsi gli anni, era scivolata via la giovinezza e anche qualcosa in più e adesso, giunta a ridosso dei sessant'anni, per niente e nessuno al mondo Maria avrebbe più rinunciato alla sua vita.

Era la terza generazione di Coppola che si susseguiva al Viktualienmarkt e quella bancarella di frutta e verdura era diventata un'istituzione, tanto da far scomodare il borgomastro di Monaco che in occasione dei cinquant'anni di attività aveva consegnato a Maria una targa ricordo che la donna teneva orgogliosamente in bella mostra accanto al registratore di cassa, tra l'immaginetta di san Francesco e quella, più 'blasfema', di Karl Heinz Rummenigge, idolo dei tifosi del Bayern di ogni generazione.

Quella mattina d'inverno la donna raggiunse non senza difficoltà la propria bancarella, tanta era la neve caduta nelle ultime ore, con i ricordi che le affollavano la mente più che ogni altro giorno.

Erano da poco trascorse le otto quando, puntuale come un orologio svizzero, ecco arrivare il generale Kutscherhof, un vecchio ufficiale dell'esercito che ogni mattina, incurante del tempo, si recava al mercato per gli acquisti di giornata.

«Grüss Gott Maria, visto che tempo da lupi? Eh, mi ricorda proprio il gennaio del 1917 quando sulle Ardenne...» e giù a raccontare l'ennesima battaglia nella quale non mancavano mai epiche ed eroiche imprese di fronte a un nemico meschino e vile. Maria lo lasciava educatamente parlare ben sapendo che nulla di quanto raccontato poteva essere vero, e questo perché il generale Kutscherhof, che poi generale non era mai stato arrivando al massimo al grado di tenente, essendo nato nel 1930 non poteva aver partecipato a nessun conflitto, men che meno alla Grande guerra!

«Grüss Gott generale, lasci stare le sue battaglie e pensi a coprirsi bene che con questo freddo è facile ammalarsi» cercò di ribattere Maria tentando invano di limitare quell'effluvio di parole.

«Ma quale freddo! Sulle Ardenne vivevamo nelle trincee con mezzo metro di neve e non ci siamo mai ammalati; eh, altra tempra, altro che i giovanotti di oggi». Il generale era fatto così: ogni giorno una battaglia diversa in un luogo diverso ma sempre raccontata con dettagli talmente precisi da trarre in inganno chi non avesse conosciuto veramente la sua età.

«Ecco qua, generale, due mele, una pera e due arance: sono quattro euro e ottanta. Mi dica, ma nelle Ardenne avevate frutta così buona da mangiare?». Maria ogni tanto si divertiva a punzecchiarlo per vedere la sua reazione che, anche stavolta, non si fece attendere.

«Senta Fräulein» disse il generale squadrando la donna con un'aria burbera da perfetto ufficiale prussiano, «quando eravamo in trincea mangiavamo pane secco e sardine in scatola, altro che frutta. E noi ufficiali, per essere d'esempio alla truppa, non ci lamentavamo mai.»

Poi, d'un tratto, l'espressione del suo viso cambiò e quel signore burbero e scontroso si trasformò quasi per incanto in un dolce nonnetto nell'atto di rivolgersi alla sua nipotina.

«E comunque no, frutta così buona non l'ho mai mangiata, né in trincea né altrove, ecco perché vengo qui ogni giorno. Ma che diamine» continuò riprendendo l'aspetto marziale di pochi istanti prima, «con quello che costa vorrei vedere che non fosse buona; come minimo deve essere la migliore di Monaco!». Maria sorrise mentre gli porgeva i suoi venti centesimi di resto.

«Auf wiedersehen, generale. L'aspetto domattina, buona giornata» disse a voce alta, visto che l'udito dell'uomo cominciava a difettare e non poco. "Chissà domani quale battaglia sarà in programma?" pensò divertita mentre tornava con cura a sistemare ordinatamente le mele nella loro cassetta di legno.

Dopo pochi minuti Maria scorse all'orizzonte la sagoma rotonda e paffuta di Frau Winkler, altra cliente abituale, non meno eccentrica del generale.

«Grüss Gott Frau Winkler.»

«Grüss Gott Maria, visto che tempo? Questo maledetto freddo mi distrugge: i miei reumatismi finiranno per rendermi totalmente incapace di muovermi. Dovevo nascere in un paese tropicale altro che qui a Monaco, ma prima o poi riuscirò a vincere alla lotteria e allora mi comprerò una bella casa in Sicilia proprio in riva al mare così i miei reumatismi troveranno pace una volta per tutte!». Maria ascoltava tra il serio e il divertito ben sapendo che la signora Winkler non avrebbe resistito un solo giorno in Sicilia; infatti in estate, non appena il termometro superava i trenta gradi – il che avveniva solo in poche occasioni a Monaco – il saluto della donna era di tenore totalmente diverso. «Maledetto caldo, finirà per uccidermi, speriamo torni presto l'inverno» era solita dire tra l'ilarità di chi la conosceva e conosceva altrettanto bene i suoi lamenti invernali.

«Suvvia Frau Winkler, vedrà che passerà anche questo inverno. Come si dice: dopo la notte il sole risorge sempre!

Ho l'impressione che la primavera quest'anno sarà fantastica e i suoi reumatismi smetteranno di tormentarla.»

«Grazie, cara, hai sempre una parola buona per me; vale proprio la pena di fare un po' di strada in più per fare acquisti da te.»

In realtà di strada in più la signora Winkler ne faceva ogni giorno un bel po' considerando che, dalla Heimgartenstrasse di Germering dove abitava, fino al Viktualienmarkt aveva bisogno di prendere prima l'autobus 857 e poi la linea 8 della S-Bahn, la metropolitana di superficie, impiegando circa un'ora di viaggio tra andata e ritorno. Maria questo lo sapeva benissimo così come conosceva le non buone condizioni economiche della donna, motivo per cui ogni giorno era ben felice di infilare nel sacchetto della spesa di Frau Winkler qualche 'omaggio' della ditta. Carote, cipolle, sedano, una pianta di insalata, due pomodori, ogni giorno c'era qualcosa da offrire alla donna. Maria era fatta così: un cuore grande e pieno d'amore verso gli altri.

Come molti altri commercianti del mercato, anche Maria non chiudeva l'attività per l'ora di pranzo, ma si arrangiava mangiando qualcosa sul posto; del resto la pausa pranzo rappresentava un ottimo momento per gli affari. Impiegati e lavoratori che svolgevano la propria attività in zona erano soliti trascorrere quel tempo passeggiando tra le bancarelle del Viktualienmarkt, magari sorseggiando una birra nel biergarten della piazza.

Molti di loro però, soprattutto donne, avendo lo specchio quale primo nemico da combattere, preferivano sostituire una porzione di würstel e una *maß* di birra con una di frutta fresca o verdura e un bicchiere d'acqua presa alla fontanella pubblica nella speranza che quel 'sacrificio' risultasse utile per vincere la battaglia contro i chili di troppo. Inutile dire che la frutta di Maria era la più apprezzata e richiesta e per questo motivo la donna si era attrezzata sistemando alcune seggiole nei pressi del suo chiosco onde attirare un maggior numero di clienti.

«Grüss Gott Maria, le mie solite mele per favore.»

Fräulein Weitzmann, commessa nel reparto profumi del Kaufhof, il grande magazzino posto all'angolo tra Marien-platz e Kaufingerstrasse, tra tutte le clienti era la più rigida nell'osservare la propria dieta, intransigente a qualsiasi sgarro. Ogni giorno il suo pranzo era composto da due mele e un bicchier d'acqua e Maria faceva fatica a capire come quella ragazzona bionda, alta oltre un metro e ottanta, al lavoro dalle otto della mattina alle sei di sera, riuscisse a reggersi in piedi mangiando solamente due mele.

«Signorina, lei mangia poco, dovrebbe mangiare qualcosa di più e di diverso soprattutto. E poi è così in forma e così bella che non ha proprio bisogno di alcuna dieta» le diceva quasi ogni giorno Maria.

«Danke Maria, lei è molto gentile ma non si lasci ingannare, sono una falsa magra, per rientrare nel mio peso forma dovrei riuscire a perdere almeno altri quattro, cinque chili e spero tanto che mangiando le sue mele possa farcela.»

«Lasci perdere, dia retta a me, lei sta benissimo così e a giudicare da come la guardano gli uomini direi che sono in tanti a pensarla al mio stesso modo» rispose Maria sorridendo amabilmente. In effetti Fräulein Weitzmann non passava certo inosservata e solamente un cieco poteva ignorare gli sguardi che gli uomini le lanciavano quando, con incedere quasi regale, attraversava la piazza ondeggiando sapientemente sul suo immancabile tacco 12, con i lunghi capelli biondi svolazzanti nel vento, lasciando dietro di sé una scia di profumo che in pochi istanti saturava l'aria circostante.

Dopo la pausa pranzo Maria si dedicava generalmente a risistemare le seggiole usate dai suoi clienti e passare in rassegna la merce rimasta ancora invenduta, dopo di che dava inizio alla preparazione del suo delizioso minestrone. Il minestrone di Maria era una delle specialità del Viktualienmarkt, amato e ricercato dai clienti non meno dei tartufi neri di Norcia che, occasionalmente, la donna metteva in vendita e che le venivano prenotati anche con mesi di anticipo da persone disposte a sborsare centinaia di euro al chilo per il pregiato tubero. Per il minestrone Maria utilizzava tutte le verdure a disposizione, tagliandole a piccoli pezzi e dividendole in sacchetti da circa mezzo chilogrammo che poi metteva sottovuoto. Il minestrone, così confezionato, poteva durare fino a quindici giorni e, se congelato, anche un paio di mesi e il suo sapore non era neanche lontanamente paragonabile a quello dei prodotti commerciali reperibili al supermercato. Ecco perché, nonostante il prezzo, molte massaie facevano la fila al pomeriggio pur di assicurarsene una confezione.

Tra loro non mancava quasi mai una giovane mamma di origine asiatica che, con i suoi quattro bambini al seguito, a giorni alterni passava dal Viktualienmarkt per acquistare il minestrone. Maria non sapeva quasi nulla di lei se non che aveva quattro bambini, appunto, e che parlava tedesco così male da impedire, di fatto, anche una breve conversazione. L'asiatica comprava sempre e solo una confezione di minestrone e, a giudicare dalle feste che i bambini riservavano a quell'acquisto, doveva essere senza ombra di dubbio il loro piatto preferito. Finito di preparare l'ennesimo sacchetto di minestrone, Maria alzò gli occhi trovandosi davanti proprio la donna asiatica e i suoi quattro marmocchi.

«Guten Tag, minestrone per favore.»

Queste erano invariabilmente le uniche parole che la donna pronunciava insieme a una serie di «grazie» e «per favore» inseriti un po' in ogni parte del pur breve discorso. Nonostante l'enorme dignità mostrata, non era facile immaginare che le condizioni economiche della famiglia non fossero delle migliori, per cui Maria aveva preso l'abitudine di preparare un sacchetto di minestrone più grande e di riservarlo alla donna asiatica allo stesso prezzo degli altri. Per distinguerlo era solita legarlo con un fiocchetto rosso anziché verde come per i restanti per cui, quando vedeva arrivare la donna, immediatamente prendeva quel sacchetto che in cuor suo definiva "speciale". La donna asiatica, pur non dicendolo mai apertamente, da un po' di tempo sembrava aver capito quanto fatto da Maria e così i ringraziamenti, dopo l'acquisto, erano diventati ancora più calorosi e lunghi di quanto non fossero in precedenza.

In genere Maria era così presa dal suo lavoro che quasi non si accorgeva del tempo che passava fin quando, sentendo i rintocchi del carillon dell'Altes Rathaus che ogni giorno alle diciassette catturava l'attenzione e gli sguardi di turisti e monacensi assiepati sulla Marienplatz, capiva che era quasi l'ora di chiusura. La donna cominciava allora a sistemare le cassette di frutta e verdura all'interno del box, chiudeva la porta a chiave, salutava i colleghi e si avviava verso casa, camminando tra lo stuolo di persone che a quell'ora affollava le vie centrali.

«Guten Abend Maria, com'è andata la giornata?»

«Guten Abend Manfred, bene grazie. Faticosa come al solito ma anche oggi una buona giornata». Il saluto con l'edicolante era in genere il primo e l'ultimo colloquio che Maria aveva nell'arco della giornata con un altro essere umano. Rientrata a casa, infatti, continuava a parlare ma stavolta le sue attenzioni erano rivolte a Spiridon, il gatto che da tanti anni le teneva compagnia dopo che lei lo aveva salvato dalle acque dell'Isar dove il felino era finito non si sa in quale modo.

«Ciao Spiridon, stasera mangiamo pesce, che ne dici?». Il miagolio prolungato della bestiola era quasi una sorta di approvazione alla proposta della sua padrona che nel frattempo, indossata una comoda tuta felpata di almeno un paio di taglie più grande del necessario, si era già messa all'opera in cucina armeggiando con un bellissimo esemplare di pesce persico che in pochi minuti finì, completamente sfilettato e pulito, in una grossa padella insieme a pomodorini pachino, uno spicchio d'aglio e un ciuffo di prezzemolo.

Seduta al piccolo tavolo in legno chiaro della sua cucina, con un bicchiere di vino bianco ad accompagnare il pasto e Spiridon acciambellato sopra i suoi piedi intento a ripulire ben bene la testa del malcapitato persico, Maria rifletteva sulla sua giornata lavorativa pensando a cosa stessero facendo in quel momento i suoi clienti. Prima di tutto davanti ai suoi occhi passarono le immagini della famiglia asiatica, riunita intorno a un tavolo e intenta a gustare il suo minestrone, e Maria si commosse al pensiero che quei bambini avrebbero potuto mangiare un piatto in più grazie al "sacchetto speciale" che lei aveva preparato.

Poi immaginò la signora Winkler alle prese con i suoi reumatismi e la signorina Weitzmann eternamente a dieta e attenta alla sua linea. "Chissà cosa mangerà a cena?" pensò la donna.

In ultimo Maria pensò al generale Kutscherhof e alle sue imprese; chissà perché Maria se lo immaginava seduto su uno scomodo sgabello di legno, con l'elmetto in testa intento ad armeggiare con una scatola di sardine sottolio mentre dava ordini ai suoi immaginari soldati prima dell'ennesima immaginaria battaglia.

A questo pensiero la donna proruppe in una lieve risata; Spiridon, lasciando per un attimo la testa del persico, si voltò a guardarla, miagolando come a chiedere quale fosse il motivo di tale ilarità.

«Tranquillo Spiridon, torna pure al tuo pasto, era solo un buffo pensiero il mio, non farci caso». Il gatto tornò a rosicchiare la testa del pesce e Maria, assaporando l'ultimo goccio di vino, pensò: "Come potrei vivere senza il mio Viktualienmarkt?".

La libertà di Stephan

L'inverno era stato particolarmente rigido – non che fosse una cosa insolita da queste parti – e la tanta neve caduta aveva regalato ai monacensi un Natale imbiancato come quelli che si vedono nei film. Ora, però, aprile stava offrendo un magnifico inizio di primavera e chi poteva non perdeva l'occasione di godersi lo spettacolo della natura che si risvegliava, scegliendo per le proprie giornate all'aria aperta uno dei tanti parchi pubblici della capitale bavarese.

In primavera Monaco era ancora più bella e affascinante che mai; il cielo terso e il sole splendente regalavano a turisti e residenti l'immagine di una città meravigliosa, una città che si andava lentamente ridestando dopo il lungo 'letargo' invernale. Le torri della Frauenkirche svettavano più alte che mai preannunciando con la loro maestosità, a quanti giungevano da lontano, l'approssimarsi della città.

Stephan amava particolarmente il parco del castello di Nynphenburg, antica residenza dei regnanti di Baviera; era un parco enorme, immerso nel bosco, attraversato da molti sentieri e corsi d'acqua, impreziosito da due laghetti, il Kleiner See e il Grosser See, popolati di papere e circondati da panchine sistemate strategicamente all'ombra di enormi alberi.

Andava a Nynphenburg fin da bambino e quel posto gli era sempre rimasto nel cuore; lì aveva conosciuto sua moglie

Heike, lì suo figlio Hans aveva mosso i primi passi, sempre lì, ora che era rimasto solo, andava a trascorrere qualche momento di tranquillità. Heike, la sua adorata Heike, era morta ormai da cinque anni mentre Hans, da quasi dieci, lavorava e viveva a Berlino, con la moglie Mikela e i loro due bambini, Peter e Kristin.

Stephan aveva settantatré anni molto ben portati e, eccettuato un piccolo problema di vista, il suo stato di salute e il suo aspetto erano quelli di un uomo di dieci anni più giovane. La sua era sempre stata una vita tranquilla, divisa tra la famiglia e il lavoro da impiegato presso la sede di Monaco della Siemens. Quarant'anni passati dietro una scrivania dell'ufficio contabilità lo avevano reso ancora più pignolo e preciso di quanto non fosse per sua natura; in compenso quel lavoro, ereditato da suo padre, gli aveva consentito di mantenere dignitosamente la propria famiglia. Heike aveva sempre svolto il lavoro di casalinga, prendendosi cura della casa e di Hans, dedicando il poco tempo che le rimaneva al giardinaggio, la sua grande passione.

Con Stephan in pensione e Hans ormai lontano, nella bella stagione Heike trascorreva molto del suo tempo libero nel giardino retrostante la casa, curando i tanti fiori che, specialmente in primavera, trasformavano il prato in una tavolozza variopinta dai mille colori. Nell'angolo più riparato del giardino erano sistemate alcune seggiole e un tavolino rotondo in legno dove marito e moglie amavano cenare nelle belle serate estive, trattenendosi a chiacchierare fino a tardi o, in altri casi, ingannando il tempo in interminabili partite a carte.

Questa esistenza tranquilla, che nelle menti dei due coniugi doveva contraddistinguere una serena vecchiaia da trascorrere insieme, venne interrotta di colpo una mattina d'inverno quando un improvviso malore colpì Heike, lasciando Stephan in preda alla solitudine e alla tristezza.

I primi mesi senza la moglie furono i peggiori, nonostante la presenza della nuora e dei due nipoti che dopo i funerali erano rimasti a Monaco approfittando della chiusura invernale delle scuole. Il dispiacere e l'angoscia si erano impadroniti di Stephan che non riusciva ad abituarsi all'idea di non avere più a fianco la compagna di tutta una vita, colei con la quale aveva vissuto quarant'anni di felice e serena vita coniugale. Non essendo mai stato molto bravo nei lavori domestici – anche perché Heike pensava a tutto, dalla spesa alle pulizie, dalle commissioni alla preparazione dei pasti – quando Hans ripartì per Berlino portandosi via Mikela, Peter e Kristin, per Stephan cominciò un periodo totalmente nuovo della propria vita. Fare la spesa fu la prima necessità che gli si presentò e che risolse in maniera abbastanza semplice, recandosi nei negozi e nei supermercati dove erano soliti andare con sua moglie e comprando tutto quello che gli piaceva.

La prima volta, al supermarket Tengelmann, fu un mezzo disastro, tanto che, arrivato il momento di pagare, si sentì dire dalla cassiera: «Ama i dolci signor Krenz, eh?». Al che, abbassando gli occhi su quel carrello spinto con un po' di fatica fino alla cassa, Stephan si rese conto che era sì pieno, ma quasi esclusivamente di biscotti, tortine e dolci vari; uscendo di casa si era riproposto di lasciarsi guidare dai suoi gusti e così aveva fatto ma, a parte qualche scatoletta di tonno, un po' di pane di segale e un sacchetto di mele, aveva fatto incetta solamente di dolci, utili a colazione forse, ma non certo per preparare pranzo e cena.

Con il passare dei giorni però, le cose migliorarono e dopo qualche mese dalla morte di Heike, Stephan era ormai diventato, se non un ottimo, almeno un discreto uomo di casa, in grado di sbrigarsela da solo in tutto o quasi; per le pulizie, infatti, si era affidato a una domestica a ore che, tre volte alla settimana, lo aiutava a pulire la casa e a stirare, attività per le quali Stephan era negato.

Non si può certo dire che quella nuova vita gli piacesse, questo no; il ricordo di Heike era troppo forte in lui e la vita da single non faceva al caso suo, però, come si ripeteva spesso l'uomo, bisognava pur andare avanti, anche per onorare al meglio la memoria della moglie scomparsa. Diverse volte Hans gli aveva proposto di trasferirsi a Berlino, ma Stephan amava troppo Monaco, e non l'avrebbe lasciata per niente al mondo.

Proprio quando sembrava che le cose avessero ripreso il loro volgere normale, un'altra tegola si abbatté su Stephan: a causa di un problema di vista, seppure di lieve entità, gli venne ritirata la patente di guida. Questo avvenimento si trasformò per Stephan in un mezzo dramma. La macchina, infatti, era l'unico mezzo di trasporto di cui si serviva per i suoi spostamenti, a parte una vecchia bici con la quale faceva al massimo il giro dell'isolato per andare a comprare i giornali al mattino. Non che Stephan detestasse i mezzi pubblici, anzi, ne riconosceva e ne lodava la grande valenza sociale e ambientale, solo che aveva sempre evitato di servirsene perché non sopportava, come ripeteva spesso, «di star rinchiuso in uno spazio ristretto insieme a decine di sconosciuti che ti spintonano, ti pestano i piedi e quant'altro, senza neanche chiederti scusa». Inutile dire che la descrizione che faceva dei mezzi pubblici di Monaco non corrispondeva affatto alla realtà delle cose, ma certo questo era un buon modo per mettersi in pace con la propria coscienza ogni volta che qualcuno, sua moglie per prima, lo rimproverava di non saper fare a meno della sua BMW.

Dopo il ritiro della patente, Stephan era costretto a spostarsi a piedi, in bicicletta o, quando doveva recarsi nel centro di Monaco o in altri posti relativamente distanti, a chiedere un passaggio a qualche conoscente.

Era una bellissima e calda mattina di metà agosto, di quelle che invitano i monacensi a scappare dalla città in direzione del vicino lago di Starneberg o del più distante Chiemsee per cercare refrigerio e ristoro bagnandosi nelle acque cristalline che riflettono il blu del cielo e le cime delle montagne che li circondano, quando, mentre era intento nella lettura dell'edizione domenicale della *Suddeutsche Zeitung*, il suono del telefono fece sobbalzare Stephan.

«Ciao papà, sono Hans, ti sto chiamando da Innsbruck. Torno a Berlino in treno e a Monaco devo aspettare un'ora per la coincidenza. Che ne dici se ci vediamo? È passato tanto tempo dall'ultima volta, sarebbe bello stare un pò insieme.»

«Certamente, anche io ho voglia di rivederti. Ma come facciamo? In un'ora non penso che tu riesca a venire fin qua a Solln...»

«Certo che no papà, vieni tu in stazione. Mangia qualcosa e poi prendi la metro. Scusami ma ora devo lasciarti, il mio treno sta per partire. Allora ci vediamo verso le quattordici. Ciao.»

Erano passati più di tre mesi dall'ultima volta che si erano visti e la voglia di riabbracciare il figlio era così grande che solamente dopo aver riagganciato il telefono Stephan si rese conto del pasticcio nel quale si era cacciato.

Come andare fino alla Hauptbanhof? Non certo a piedi o in bicicletta e neanche chiedendo un passaggio a qualcuno, visto che in quel periodo molti dei suoi amici e conoscenti erano in ferie. Restavano due soluzioni: il taxi o i mezzi pubblici. La prima ipotesi venne scartata da Stephan dopo una breve valutazione dei costi: il viaggio andata e ritorno da Solln, dove abitava, alla stazione sarebbe costato non meno di settanta euro; la decisione di servirsi del mezzo pubblico divenne, per questo, quasi obbligata. "Pur di riabbracciare Hans" pensò l'uomo, "sopporterò ben volentieri qualcuno che mi pesti i piedi e non mi arrabbierò neanche se costui non dovesse chiedermi scusa!".

Dopo aver mangiato un panino, intorno alle undici si avviò a piccoli passi verso la stazione della linea 7 della S-Bahn, la metropolitana di superficie che, insieme alla U-Bahn, la metro vera e propria, collega in maniera capillare tutta la città bavarese.

La stazione si trovava a circa cinquecento metri dalla sua abitazione situata in Frölichstrasse, una distanza che Stephan coprì quasi di corsa tanta era la voglia di rivedere suo figlio. L'uomo si diresse subito al tabellone degli orari rimanendo felicemente sorpreso nel constatare che i treni si susseguivano con un intervallo di dieci minuti l'uno dall'altro e i costi erano abbastanza contenuti; un euro e ottanta centesimi il biglietto di andata e ritorno. Inseriti i soldi nel distributore automatico e prelevato il biglietto, Stephan si avvicinò al binario in attesa del treno.

Guardandosi intorno si rese conto che oltre a lui c'erano solamente altre due persone, anche questo segno evidente che la maggior parte dei monacensi erano in vacanza. Era immerso in queste riflessioni quando lo stridere dei freni lo fece rendere conto che il treno stava entrando in stazione.

Con il biglietto in mano e l'animo pieno di gioia per l'approssimarsi dell'incontro col figlio, Stephan si diresse sicuro verso le porte del vagone; andò per afferrare la maniglia ma con grande stupore notò che non c'era. Spostò lo sguardo alla porta del vagone successivo ma la situazione era identica: non c'erano maniglie!

"Si apriranno automaticamente" pensò l'uomo e rimase alcuni secondi in attesa: ma le porte non si aprirono e il treno riprese lentamente la sua corsa, lasciando Stephan desolato sul marciapiede della stazione.

L'uomo si guardò intorno per accertarsi che nessuno avesse visto cosa gli era capitato, poi, realizzato che era completamente solo, si lasciò cadere su una panchina.

"Come inizio non c'è male" pensò, "il treno è partito e io sono ancora qua; ma come diavolo si apriranno queste porte?"

In quel momento entrò in stazione Grete, la figlia dei signori Piech, i vicini di casa di Stephan. «Buongiorno signor Krenz» disse la giovane con il suo solito sorriso solare.

«Buongiorno Grete. Vai anche tu a Monaco?»

«Sì» rispose la ragazza, «vado in centro a fare qualche acquisto e lei?»

«Io vado alla stazione a incontrare mio figlio che arriva da Innsbruck.»

«Bene, allora visto che la sua fermata viene prima della mia possiamo fare una parte del viaggio insieme, se le fa piacere.»

In quel momento, quell'invito fu per Stephan un toccasana, che giunse tanto inaspettato quanto gradito.

Dopo pochi minuti entrò in stazione un altro treno e Stephan si avvicinò a Grete sicuro che lei le avrebbe fatto scoprire il segreto per aprire le porte del vagone. Quando il treno fu fermo, la ragazza sfiorò con l'indice della mano destra un piccolo tasto illuminato di rosso, posto al centro della porta; il tasto cambiò immediatamente il suo colore, diventando verde, e le porte si aprirono davanti ai due passeggeri, quasi magicamente.

"Ma guarda che diavolerie!" pensò Stephan, e appena entrato si voltò per vedere se anche dall'interno il meccanismo di apertura fosse uguale; notato il pulsante rosso identico a quello premuto da Grete per salire, Stephan si rasserenò al pensiero che almeno non avrebbe corso il rischio di restar chiuso dentro finendo così al deposito dei treni e si andò a sedere davanti alla sua compagna di viaggio.

«Ah, non so cosa farei senza la S-Bahn» esordì la ragazza, «spostarsi in macchina è diventato veramente impossibile: traffico, benzina carissima, parcheggi introvabili. Questo mezzo, invece, è comodissimo. Non trova anche lei, signor Krenz?»

A quell'osservazione Stephan, che non sapeva come controbattere visto che per lui era la prima volta, si limitò ad annuire con la testa, cercando in qualche modo di rinforzare la sua affermazione con un sussurrato «*Ja, sicher*».

«Ecco la sua fermata signor Krenz» disse Grete una decina di minuti dopo.

«Eh già, è proprio la mia, è stato molto veloce... Non credevo...»

In effetti per Stephan, abituato a impiegare almeno mezz'ora per coprire lo stesso tragitto in auto, la rapidità con la quale il treno lo aveva portato in centro fu una piacevole sorpresa.

Dato che erano appena le dodici, per ingannare il tempo Stephan si diresse prima al bookshop della stazione centrale e poi in un bar, dove, seduto a un tavolo, sorseggiò lentamente una tazza di caffè in attesa che arrivasse il treno da Innsbruck.

Alle quattordici, preciso al minuto, il treno entrò in stazione.

«Ehi Hans, sono qui!» gridò Stephan appena scorse la figura del figlio.

«Ciao papà, come stai?»

«Bene, figlio mio, e tu? E come stanno Kristin e i bambini?»

«Stiamo tutti bene papà, ma vieni, andiamo a sederci in un posto più tranquillo.»

Stephan prese sottobraccio suo figlio e insieme si avviarono verso una panchina un po' più isolata dove poter parlare con calma. Per tutto il tempo che rimasero lì, Stephan non smise mai di tenere stretto il braccio di Hans, quasi avesse paura che lui scappasse prima del tempo.

«Come vanno le cose papà? Come te la cavi da solo?» chiese Hans premurosamente.

«*Alles gut*, figliolo, *alles gut*.»

«Papà, sei sicuro che vada tutto bene? Sei sempre da solo, non hai più nessuno qui a Monaco. Perché non vendi la casa e ti trasferisci da noi a Berlino? Sai, la nostra abitazione è abbastanza grande e ci sarebbe una camera tutta per te e poi i bambini sarebbero felici di averti vicino e anche Kristin...»

«No Hans, ti ringrazio, ma sai come la penso. Abbiamo affrontato il discorso altre volte e sai benissimo quanto mi piacerebbe stare più vicino a tutti voi, ma sai anche che non lascerei mai Monaco, la casa dove sei nato, dove ho vissuto con tua madre. È vero, qui non ho più nessuno... ma ho i miei ricordi, i ricordi di una vita e, credimi, non è facile per me rinunciarvi. No davvero, fidati, me la cavo e tu non devi preoccuparti. Sai che quando dico *alles gut* vuol dire veramente *alles gut*.»

Hans strinse forte il braccio di suo padre, baciandolo su una guancia: «Ti capisco papà, però mi raccomando: abbi cura di te».

Alle quindici e dieci venne il momento di salutarsi: il treno per Berlino era annunciato in partenza dal binario 9 e

Hans, abbracciato il padre, prese la valigia e si avviò verso la carrozza dove aveva prenotato il suo posto a sedere; anche se erano stati insieme solamente un'ora, entrambi avevano vissuto quel breve incontro così intensamente da farlo sembrare interminabile.

«Sono appena le tre del pomeriggio» pensò Stephan, «quasi quasi mi faccio una bella passeggiata in centro». E così fece, dirigendosi verso Karlspaltz. Attraversato il grandioso arco della Karlstor e imboccata Neuhauserstrasse, l'uomo proseguì lungo Kaufingerstrasse in direzione di Marienplatz. Un gruppetto di quattro ragazze armate di violini e flauti allietava i passanti e i clienti della vicina birreria Augustiner suonando musiche di Vivaldi e Mozart, riscuotendo i favori dell'improvvisato pubblico ben lieto di donare qualche spicciolo alle giovani artiste.

Erano forse passati un paio d'anni dall'ultima volta che Stephan aveva passeggiato per il centro di Monaco; prima la morte di Heike, poi il ritiro della patente, avevano limitato di molto i suoi spostamenti. Se andava in città era solamente per qualche commissione particolare della quale non poteva fare a meno e, come detto, ricorrendo sempre ai passaggi in macchina di amici e conoscenti. Per questo motivo Stephan non poteva certo permettersi il lusso di fare passeggiate, dato che c'era sempre qualcuno che lo stava aspettando per riportarlo a casa. Quel pomeriggio, invece, Stephan stava rivivendo una bella esperienza, una sensazione che non provava da tempo: sentirsi libero.

Non aveva vincoli temporali, poteva riprendere la S-Bahn quando voleva e non c'era nessuno che lo attendesse seduto in qualche macchina. L'uso dei mezzi pubblici lo aveva reso nuovamente padrone del suo tempo, facendogli riscoprire il gusto di muoversi in libertà: da quel pomeriggio, Stephan non avrebbe più rinunciato a queste cose.

La 'breve' passeggiata di Stephan durò circa tre ore, ma quel tempo trascorse in un attimo, come accade spesso quando siamo intenti a fare qualcosa che ci piace. La città non era molto affollata e questo permetteva di godere appieno di tutte le sue bellezze.

"Se mi affretto" pensò, "forse faccio in tempo a vedere il carillon del municipio in movimento."

Il carillon del Neues Rathaus, il nuovo municipio, si metteva in movimento due volte al giorno: a mezzogiorno e alle cinque del pomeriggio. Turisti e monacensi, assiepati nella piazza con il naso all'insù, rivivevano le epiche battaglie cavalleresche medievali e le leggiadre danze delle dame di corte, il tutto nel breve volgere di due o tre minuti.

Quando andavano a Monaco, Stephan e Heike non perdevano occasione per gustarsi lo spettacolo del carillon e, anche se i personaggi, le musiche e i movimenti erano sempre gli stessi, una forte emozione pervadeva sempre il loro animo. Stephan arrivò in piazza giusto in tempo per vedere l'ultimo duello, quello in cui il cavaliere bardato con un'armatura giallo-nera cade sotto i colpi dell'avversario, vestito con i colori bianco e blu simbolo della Baviera. Dopo aver passeggiato per un'altra ora tra le vie del centro, concedendosi solamente una breve sosta su una panchina dell'Hofgarten, il giardino contiguo all'ex residenza reale, Stephan si diresse verso una fermata della S-Bahn per riprendere il treno che lo avrebbe riportato a casa.

Il giorno seguente Stephan si alzò di buon mattino e, inforcata la bicicletta, andò all'edicola a comprare il giornale. Era un grande lettore, non tralasciava niente, dalle pagine di cronaca a quelle di politica, allo sport; solamente la pagina degli eventi culturali veniva in genere saltata, non perché Stephan non fosse interessato, ma semplicemente perché gli appuntamenti più importanti si svolgevano prevalentemente in centro città e lui aveva sempre il problema di come arrivarci.

In autunno, ad esempio, in alcuni saloni dell'Alte Pinakotheke, si era svolta una mostra molto interessante sui pittori italiani del rinascimento ma Stephan, nonostante fosse interessato, non era riuscito a trovare il modo per visitarla. Quel giorno la pagina culturale fu la prima a essere letta.

Oggi, venti agosto, alle ore sedici, nello spazio antistante il Pagodenburg, all'interno del parco di Nynphenburg, l'orchestra bavarese eseguirà un concerto con musiche dei fratelli Strauss.

Questo piccolo trafiletto, posto in basso a destra, attirò l'attenzione di Stephan, che era da sempre un grande appassionato delle musiche e dei valzer viennesi e più volte aveva tentato, senza successo, di trovare i biglietti per il famoso concerto di Capodanno.

"Certo, non sarà come essere a Vienna il primo dell'anno, ma che importa?" pensò. "È comunque un occasione per trascorrere un pomeriggio diverso."

Così, alle quattordici, dopo aver pranzato e riordinato la cucina, Stephan si avviò alla stazione della S-Bahn e, dopo cinque minuti di attesa, salì sul treno, direzione Monaco. Il percorso fino a Nynphenburg non era diretto, ma prevedeva un cambio alla stazione centrale, da dove un tram lo avrebbe portato proprio davanti all'ingresso del parco. La giornata era magnifica e un caldo sole accompagnò l'uomo fino al luogo scelto per l'esibizione; nonostante mancasse ancora un'ora all'inizio del concerto, i posti a sedere erano quasi tutti occupati e Stephan dovette accontentarsi della penultima fila.

«Stephan! Ehi Stephan!» gridò un uomo seduto sul lato sinistro della platea.

«Karl, amico mio! Anche tu qui?» rispose Stephan, sorpreso di rivedere il suo vecchio amico.

L'abbraccio fra i due fu molto caloroso, come può esserlo quello tra due amici che si conoscono fin dall'infanzia ma che non si vedono da tanto, troppo tempo.

Karl e Stephan erano cresciuti insieme fino ai venti anni, quando Karl e sua madre – suo padre non l'aveva mai conosciuto – si trasferirono a Rosenheim, una cittadina a circa settanta chilometri dalla capitale bavarese, dove il giovane aveva trovato lavoro come operaio in una carpenteria metallica.

«Da quanto tempo non ci vediamo, Karl. Dimmi, come stai? E come mai qui a Monaco?»

«Hai ragione Stephan, è passata un'eternità dall'ultima volta che ci siamo visti. Sai, sono tornato a vivere a Monaco da circa sei mesi. Mia figlia ha aperto una libreria vicino a Isartor, così abbiamo lasciato la casa di Rosenheim e abbiamo preso un piccolo appartamento in affitto dalle parti della Ostbahnhof. Vieni a trovarmi qualche volta; quando lei è al negozio sono sempre solo e dopo così tanti anni passati lontano dalla città non conosco più quasi nessuno qui a Monaco, mi farebbe piacere stare un po' in compagnia.»

«Verrò senz'altro, Karl. Anzi, facciamo così: dammi il tuo numero di telefono e in settimana ti chiamo.»

Annotato il numero dell'amico sul piccolo taccuino che teneva sempre in tasca, Stephan prese posto su una delle poche sedie rimaste libere in penultima fila.

Terminato il concerto, si incamminò verso la fermata del tram. Lungo il tragitto, passando davanti a una birreria all'aperto, gli tornarono alla mente tutte le volte che d'estate, insieme a Heike, piuttosto che tornare a casa si erano fermati in un biergarten, le tipiche birrerie all'aperto tanto amate dai bavaresi, e avevano consumato la cena, chiacchierando amabilmente, rinfrescati dalla leggera brezza che spesso allieta le serate estive dei monacensi.

"Quasi quasi mi siedo e ordino qualcosa."

«Prego signore, il suo menù». La voce gentile di una cameriera lo distolse per un attimo dai suoi pensieri.

Stephan non era un grande bevitore di birra, a differenza di molti suoi concittadini, ma delle birrerie all'aperto apprezzava due cose in particolare: l'atmosfera di allegria e spensieratezza che vi si respirava e i würstel!

«Mi porti dei würstel arrosto e un bicchiere di vino rosso, possibilmente italiano». Il vino era un'altra sua passione; non ne beveva molto, però gli piaceva informarsi e conoscere i vari tipi con una particolare predilezione per quelli italiani.

Dopo circa dieci minuti la cameriera tornò con i würstel e un bicchiere di lambrusco. Stephan consumò il pasto molto lentamente, cosa insolita per lui, godendosi quel momento di vero relax che da troppo tempo mancava nella sua vita, poi, dopo aver saldato il conto, prese a passeggiare in direzione della fermata del tram.

Erano circa le otto di sera quando fece ritorno a casa, felice per la giornata trascorsa. A letto, nel buio della sua camera, i pensieri di Stephan tornarono a quello che aveva vissuto nel pomeriggio; si sentì invadere il cuore da una sottile sensazione di gioia che però lasciò subito il posto a un velo di tristezza, pensando a quanto sarebbe stato bello vivere quei momenti con Heike.

Si girò su un fianco e, mentre una lacrima gli rigava il viso scivolando veloce verso il cuscino, si addormentò.

Il mattino seguente, decise di recarsi alla sede centrale della MVV, l'azienda trasporti di Monaco, per sottoscrivere un abbonamento di viaggio.

«Caro signore, visto che lei ha raggiunto i settant'anni di età, può sottoscrivere un abbonamento annuale a prezzo ridotto che le consentirà di utilizzare illimitatamente tutti i mezzi pubblici della città e di avere sconti sui biglietti dei treni e su quelli d'ingresso a teatri, musei, gallerie d'arte e altri luoghi di grande interesse; che ne dice?»

Stephan quasi non fece terminare la frase alla solerte impiegata, tanto era felice per quell'opportunità che gli veniva offerta. Lui, che aveva passato una vita disprezzando i mezzi pubblici, e che per questo non aveva mai abbandonato la sua fidata BMW, a settant'anni aveva scoperto la gioia di spostarsi in metro, in autobus, in tram, senza restare imbottigliato nel traffico cittadino e senza innervosirsi nella ricerca di un parcheggio.

Erano ormai trascorsi alcuni anni da quegli avvenimenti; Stephan pensava spesso a quanto accaduto e ogni volta che lo faceva non poteva che provare un'intima gioia al ricordo di quanto la sua vita fosse cambiata in meglio da quella calda domenica estiva.

Essere autonomo era sempre stata una caratteristica di cui andava fiero fin da quando era bambino e invece quel dover dipendere dagli altri per i suoi spostamenti era diventato un fardello del quale credeva di non potersi più liberare.

Da quella domenica di agosto tutto era cambiato, tutto era diventato più semplice, ma soprattutto la vita era diventata meno grigia di quanto non fosse dopo la morte di Heike e Monaco, la città che amava e che per nulla al mondo avrebbe mai lasciato, ora gli appariva più bella e solare che mai.

Quando arriverà la primavera

«*Nächster Halt Hauptbahnhof. Umsteigen möglichkeit zu U-Bahn Linien. Bitte rechts aussteigen.*»

Benché attutita dalla musica dei REM che stava ascoltando in cuffia, la voce proveniente dall'altoparlante della metro che annunciava la prossima fermata giunse alle orecchie di Jürgen ancora con un discreto volume, tanto da farlo ridestare dal suo breve pisolino.

Aprendo a fatica gli occhi e guardandosi intorno, scorse sul sedile davanti al suo la faccia rubiconda e familiare di Markus, il suo collega di lavoro, salito due fermate dopo di lui e intento a sgranocchiare una piccola barretta di cioccolato.

«Grüss Gott, finalmente ti sei svegliato. Un giorno o l'altro, parola mia, finirai a Neuperlach e quel giorno, amico, sappi che mi farò un mare di risate.»

«Smettila Markus, non ti ci mettere anche tu. Sai bene che il movimento del treno mi concilia il sonno e poi non è vero che dormivo, avevo semplicemente gli occhi socchiusi ma ero attento e vigile.»

«Sì, proprio vigile. Talmente vigile che non ti sei manco accorto della sventola bionda che avevi seduta a fianco fino a due minuti fa. Brutto segno amico, sei proprio invecchiato. Oh, non mi ha tolto gli occhi di dosso un attimo, non so proprio cosa gli faccio alle donne, mi stava mangiando con gli occhi.»

«Ehi latin lover» disse Jürgen alzandosi in piedi, «secondo me non gli facevi gola tu ma quella nocciolina ricoperta di cioccolato che hai ancora appiccicata all'angolo della bocca» e così dicendo raccolse tra pollice e indice la briciola lanciandola verso il viso di Markus.

Giunti alla Ostbahnhof, i due si incamminarono, scherzando sulle doti di tombeur de femmes di Markus, verso la fermata del tram numero 15 che li portò fino alla Kurzstrasse da dove a piedi, in pochi minuti, raggiunsero Säbenerstrasse, la loro sede di lavoro, famosa in tutto il mondo per un motivo ben preciso: essere la sede sociale del Bayern Monaco.

Jürgen Klopp era il responsabile del magazzino mentre Markus Weber era uno degli autisti del bus della prima squadra, anche se negli ultimi tempi, a causa di alcuni problemi alla schiena, la sua attività si limitava agli spostamenti a corto raggio, evitando le trasferte più lunghe.

Entrambi avevano iniziato a lavorare alle dipendenze della polisportiva bavarese fin da giovanissimi, non appena terminata la scuola, svolgendo inizialmente un po' tutte le mansioni prima di arrivare all'impiego definitivo.

Jürgen aveva quarantacinque anni ed era sposato con Karolina, una quarantenne originaria di Jena, nella ex Gemania Est, che faceva la commessa in una panetteria del quartiere di Schwabing. La coppia viveva a Buchenhain in una villetta affacciata direttamente sullo splendido bosco di Forstenrieder dove Jürgen amava andare quasi ogni giorno a fare jogging.

I due non avevano figli e, pur avendo pensato più volte di adottarne uno, si erano sempre fermati prima di portare a termine le pratiche burocratiche così che, superati i quaranta, avevano rinunciato definitivamente. Karolina, a dire il vero, non si era mai completamente rassegnata all'idea di non diventare mamma, al contrario di Jürgen che, invece, aveva preso la cosa con molta filosofia, facilitato dal fatto di non amare troppo i bambini. La loro era una vita tutto sommato tranquilla, divisa tra il lavoro, gli amici, e gli hobby. Karolina amava moltissimo dipingere e nelle meravigliose giornate di primavera, e ancor più in quelle estive, trascorreva molto del suo tempo libero nel patio del suo giardino, tra tele, cavalletti e colori a olio. Jürgen, al contrario, non aveva proprio nessuna inclinazione artistica, così approfittava delle ore libere per fare lunghe corse all'interno del Forstenrieder Wald, sempre con cardiofrequenzimetro, gps e musica al seguito, il tutto condensato dentro al suo inseparabile smartphone.

«Buongiorno capo, l'ha cercata il ragionier Stückmann, ha chiesto se può salire in ufficio da lui.»

«Buongiorno Franz, certo, salgo subito, grazie.»

Franz era l'ultimo arrivato nel reparto magazzino della polisportiva e aveva l'abitudine, odiata da Jürgen, di rivolgersi a lui chiamandolo "capo"; Jürgen gli aveva fatto presente più volte che non doveva chiamarlo così perché lui non era il capo di niente e nessuno, ma tant'è, Franz continuava a chiamarlo in quel modo e lui, alla fine, ci si era quasi abituato.

Il ragionier Stückman era il responsabile degli acquisti e il suo ufficio era situato due piani sopra al magazzino. Jürgen e i suoi colleghi l'avevano soprannominato "zio Paperone" per via della sua nota avversità a qualsiasi tipo di spesa, pur sapendo benissimo che lui non faceva altro che applicare, magari con estremo zelo, questo sì, le direttive che riceveva da chi stava ai piani ancora più alti del suo e gestiva i cordoni della borsa.

Tutti, quando venivano convocati da Stückman, oltre che farsi il segno della croce sperando di evitare lavate di capo, usavano l'ascensore per far in modo di non arrivare davanti al ragioniere con il fiato corto il che, unito alla fifa che incuteva la sua aria burbera, peggiorava sensibilmente le possibilità di difendersi in maniera adeguata.

Jürgen, al contrario degli altri e da sportivo qual era, non esitava a farsi tutti e tre i piani a piedi e, quando ne aveva voglia, anche di corsa perché, come amava ripetere, «che arrivi con il fiatone o no davanti a Stückman, non cambia poi molto, tanto ogni tentativo di difendersi è sempre inutile, per cui meglio starsene zitti, farlo sbollire, girare i tacchi e tornare di sotto al lavoro».

E infatti anche quella mattina cominciò a salire di buona lena le scale cercando di immaginare il motivo della convocazione.

"Dunque, vediamo un po'... Ma sì, che stupido, sarà certamente per quella richiesta di acquisto di mantelline antipioggia..." pensava tra sé, quando una fitta di dolore a un fianco lo lasciò quasi senza fiato. Era arrivato appena al primo piano ma quel dolore improvviso gli impediva di continuare, così decise di sedersi sul primo gradino della terza rampa e riposarsi un attimo.

«Grüss Gott Jürgen, tutto bene?». La manona del dottor Dietrich, uno dei medici della società, si posò sulla spalla destra dell'uomo che d'istinto alzò la testa per rispondere al saluto.

«Sì dottore, grazie, solo un piccolo dolore al fianco destro, nulla di che.»

Detto ciò l'uomo riprese a salire le scale ma già dopo pochi gradini il dolore tornò a farsi sentire, anche più forte di prima, così forte da togliergli il respiro. Si piegò in due sul corrimano cercando di riprendere fiato, ma il dolore non accennava a smettere. Passarono diversi minuti prima che Jürgen riuscisse a riprendersi, così, per non correre ulteriori rischi, l'uomo decise di usare l'ascensore per salire fino all'ufficio di Stückman.

Durante la pausa pranzo, Jürgen non riusciva a non pensare a quanto gli era capitato al mattino. Non capiva cosa potesse aver causato quel dolore – anzi, non aveva mai sentito un dolore del genere prima d'allora – ma proprio in quel momento gli tornò in mente la cena della sera prima, consumata insieme a un gruppo di amici in un locale vicino casa sua.

"Lo stinco! Ma certo, dev'essere stato quello stinco di maiale a farmi male" pensò l'uomo. "E del resto anche stanotte non riuscivo a prender sonno proprio perché non lo avevo digerito. Beh certo, anche quelle tre *maß* di birra non avranno avuto effetti migliori, ma sono sicuro che è stata colpa dello *schweinshaxe*."

Il resto della giornata trascorse tranquillamente, facendo dimenticare a Jürgen quanto accaduto e permettendogli di organizzare al meglio il week-end ormai alle porte.

«Cos'hai in programma per domenica?» gli chiese Markus durante il viaggio di ritorno verso casa.

«Nulla di particolare. Vengono a trovarci i genitori di Karolina da Jena, così pensavamo di portarli a Strarnberg. E tu?»

«Io sono di servizio; la rappresentativa giovanile gioca un torneo a Bad Wiesee, così pensavo di portarmi dietro Micki e i bambini altrimenti non riusciamo mai a trascorrere qualche ora insieme». Markus aveva quattro bambini di età compresa tra i due e i dieci anni. Sua moglie Mickela aveva tre sorelle e quattro fratelli così, quando si incontravano tutti quanti, riuscivano a mettere insieme una 'tribù' di ventisette bambini che rassomigliava a una scolaresca piuttosto che a una famiglia. Una volta Markus aveva avuto l'idea di invitare Jürgen e Karolina a pranzo durante una di queste riunioni di famiglia e alla sera Jürgen aveva la testa talmente a pezzi che aveva giurato a se stesso che mai e poi mai avrebbe voluto «un moccioso» in giro per casa in vita sua. Karolina a quell'affermazione aveva sorriso ma in cuor suo aveva avvertito una fitta di dolore perché lei, al contrario del marito, aveva giudicato quella giornata meravigliosa proprio per quella folla di marmocchi vocianti.

La domenica mattina Jürgen si svegliò di buon'ora e come al solito, vestito di tutto punto e armato di smartphone, uscì di casa con direzione Forstenrieder Wald.

"Oggi devo riuscire a fare almeno una decina di chilometri a buon andatura; sono dieci giorni che non mi alleno e non posso perdere il passo proprio ora, alla fine dell'estate."

Con questo pensiero in testa cominciò a correre per i viali del parco al ritmo prima degli U2, poi dei Dire Straits, controllando con il gps la strada percorsa. Era talmente preso dalla corsa che non notò neanche due bellissime ragazze che, in pantaloni corti e canottiera, lo incrociarono intorno al quinto chilometro, lanciandogli sguardi che avrebbero fatto letteralmente sciogliere l'amico Markus. Arrivato al sesto chilometro, dopo essersi lasciato a sinistra una svolta con tanto di piccola edicola votiva, Jürgen si apprestava a invertire la marcia per far ritorno a casa quando una violenta fitta, simile a quella che l'aveva colpito due giorni prima al lavoro, lo fece barcollare verso destra. Lo scarto compiuto fu talmente violento che, se non fosse stato per un grosso albero a cui riuscì miracolosamente ad appoggiarsi, sarebbe finito dritto nel fosso che costeggiava il sentiero. Come già fatto lungo le scale che salivano all'ufficio di Stückman, Jürgen si piegò in due in attesa che il dolore passasse e gli consentisse di riprendere la strada di casa ma, a differenza di due giorni prima, il dolore non accennava a scemare. Trascorsero cinque minuti, poi dieci, poi venti ma il dolore non diminuiva. "Devo riuscire a tornare a casa, non posso restarmene qui" pensò Jürgen; così, piano piano, camminando lentamente e fermandosi di tanto in tanto per riprendere fiato, dopo circa un'ora arrivò sul vialetto di casa. Erano quasi le undici e Karolina e i suoi genitori erano seduti in giardino che l'aspettavano. Sentendo il cancello aprirsi, la giovane donna si voltò di scatto con l'intenzione di chieder conto al marito di quel ritardo di quasi due ore su quanto stabilito la sera prima, quando, incredula e sbigottita, vide il marito, bianco come uno straccio, accasciarsi sulla prima seggiola libera trovata.

«Jürgen, Dio mio, cosa ti succede, che cosa hai?»

Ma l'uomo, quasi senza fiato, riuscì a malapena a indicare il fianco destro prima di svenire.

Erano passate circa sei ore dal ritorno a casa, quando Jürgen aprì gli occhi trovandosi disteso sul letto della sua camera; Karolina era seduta vicino a lui mentre i suoceri erano appoggiati al muro vicino alla finestra che dava sul giardino posteriore della casa.

«Tesoro, come stai?» chiese premurosa Karolina.

«Come sto? Bene, almeno credo, ma perché sono qua? Che ore sono e che ci faccio ancora vestito da jogging sdraiato sul letto?»

«Ma come? Non ti ricordi nulla? Sei svenuto in giardino non appena tornato dalla tua corsa a Forstenriedier. Poi ti sei ripreso e mi hai raccontato del dolore che hai sentito al fianco destro e sei voluto venire a riposarti in camera. Ti sei addormentato e ora sono quasi le cinque del pomeriggio. Come ti senti?»

«Ora bene, ma ti giuro, non mi ricordo nulla o meglio, no, qualcosa ricordo: il dolore che ho sentito nel bosco. Ma ora è passato, fammi scendere per favore.»

I quattro tornarono in salotto e Jürgen raccontò cosa gli era accaduto due giorni prima in ufficio.

«Figliolo» gli disse il suocero, «penso sarebbe meglio ne parlassi con il tuo medico.»

«Certo, certo, domani andrò allo studio e mi farò visitare.»

Solo Karolina, che conosceva suo marito da più di vent'anni, aveva colto la sfumatura di terrore nella voce di Jürgen nel pronunciare quelle parole. L'uomo, infatti, aveva una vera fobia per tutto ciò che riguardava medici, medicine, ospedali e terapie di ogni genere. Erano anni che non si faceva visitare dal suo medico e anche al lavoro era riuscito a evitare quasi tutte le visite mediche periodiche accampando le scuse più disparate.

La sera, sotto le coperte, Karolina prese le mani di Jürgen e le strinse forte nelle sue, guardandolo fisso negli occhi.

«Ricordati bene Herr Klopp. Tu domani prendi appuntamento e ti fai visitare dal tuo medico. Poi farai tutte le cose che ti dirà di fare, che si tratti di altre visite specialistiche o terapie farmacologiche. Lo farai quant'è vero che mi chiamo Karolina Klopp e sai che quando dico certe cose non scherzo!»

Sì, lo sapeva bene Jürgen; sua moglie, che a prima vista poteva sembrare uno scricciolo indifeso con la sua pelle diafana e i corti capelli biondi, quasi bianchi, non andava sottovalutata, specie quando ti diceva le cose fissandoti con i suoi piccoli occhi azzurri. Jürgen lo aveva sperimentato tante volte ed era conscio che, se l'indomani non fosse andato dal dottore a farsi visitare, sua moglie gliel'avrebbe fatta scontare pesantemente.

«Allora Jürgen, io penso che dovresti approfondire la causa di queste fitte di dolore. Bisognerebbe fare degli esami specifici per capire di cosa si tratta.»

«Capisco dottore, ma... Beh, insomma lei mi conosce... Non si potrebbe...»

«Jürgen, se sei venuto da me per avere un parere medico, questo è il mio parere. Se invece sei venuto da me solo per paura di tua moglie allora è un altro paio di maniche!»

«Ok dottore, mi scusi» farfugliò Jürgen, tutto paonazzo in volto. «Come devo comportarmi? Cosa dovrei fare?»

«Io ti consiglierei un breve ricovero in una struttura attrezzata. Una settimana di degenza per fare tutti gli esami del caso e valutare la terapia migliore. C'è un'ottima clinica sul lago di Chiemsee. Se vuoi parlo con uno dei medici che ci lavorano, il dottor Steinart. È un mio vecchio amico, ci conosciamo da molti anni. Stasera lo chiamo e gli spiego il tuo caso, poi domani ti faccio sapere. Che ne dici?»

«Va... va bene dottore, se proprio devo...»

«Ok allora, ci sentiamo domani, e mi raccomando: stai tranquillo e riposati.»

«Dice bene lui: "Riposa". Mica è lui a doversi ricoverare per farsi rigirare come un calzino. Vorrei vederlo al mio posto» borbottava l'uomo mentre, seduto in metro al fianco della moglie, facevano ritorno a casa.

«Jürgen caro, dovrai solamente fare delle analisi e qualche esame clinico, non ti squartano mica» rispose Karolina, «e poi il Chiemsee è splendido, e sono sicura che ti troverai benissimo.»

«Benissimo, sì, mica vado in vacanza, vado in ospedale eh! Per fortuna che ci sarai tu con me, vero amore?»

«Beh, veramente no. Sai che in questo periodo non mi danno ferie al lavoro. Ti accompagno e verrò a riprenderti ma non posso restare lì con te tutta la settimana.»

A queste parole l'umore dell'uomo diventò ancora più nero e per tutta la sera dalla sua bocca non uscì più alcuna parola.

Il mattino dopo, puntualmente, Jürgen ricevette la chiamata del suo medico.

«Guten Morgen Jürgen. Ho parlato ieri sera con il mio collega Steinart e ti aspetta lunedì prossimo alle dieci alla clinica di Prien am Chiemsee. Mi raccomando, sii puntuale e tienimi informato sugli sviluppi. A presto»

Jürgen rimase inebetito, con il cellulare fisso all'orecchio nonostante il dottore avesse chiuso la chiamata da almeno trenta secondi.

«Ehi, che fai capo, hai intenzione di restare tutto il giorno impalato in mezzo al magazzino con il telefono in mano?» disse Franz.

Come risvegliandosi da un lungo sonno, Jürgen ripose il telefono in tasca e si avviò verso il suo tavolo da lavoro, sempre con il pensiero fisso al lunedì successivo, il giorno del suo ricovero.

«Jürgen, ehi Jürgen, sono le sei, devi alzarti, altrimenti faremo tardi». La voce di Karolina era dolce come sempre ma quella mattina giunse alle orecchie del marito come una pugnalata. Benché sapesse benissimo che ore fossero – dato che non aveva chiuso occhio per tutta la notte – proprio come un bambino Jürgen sperava che il momento della sveglia non arrivasse mai.

Era una bella mattina di ottobre, con il cielo limpido e un'aria impregnata del profumo del bosco ma Jürgen riuscì a malapena a bere un succo di frutta prima di mettere le ultime cose nel trolley e avviarsi verso la macchina.

«Guida tu, stamattina non ho proprio voglia» disse alla moglie con una voce tanto flebile che a malapena si riusciva a percepire.

"Temo che sarà un viaggio lungo e tedioso" pensò tra sé Karolina, girando la chiave nel cruscotto.

Imboccata l'autostrada A8, direzione Salisburgo, marito e moglie avevano davanti circa ottanta chilometri di strada prima di arrivare a destinazione.

«Che ne dici se accendiamo un po' la radio?» chiese lei.

«Fai tu, per me è uguale» rispose Jürgen che nel frattempo aveva appoggiato la testa al finestrino fissando con aria assente la campagna circostante che correva veloce dietro al vetro.

«Senti» riprese la donna, «capisco che non sia bello andare in ospedale e lo comprendo, però mi sembra che tu la stia facendo un po' troppo grave, in fin dei conti devi solamente fare qualche esame clinico e poi sai cosa ti dico? Nessuno ti ha obbligato. Se avevi così tanta fifa potevi benissimo rifiutare il ricovero e tenerti i tuoi problemi di salute.»

Il tono insolitamente duro della donna ebbe su Jürgen l'effetto di un ceffone dato dalla mamma al figlio capriccioso facendolo risvegliare dal suo torpore.

«Ti chiedo scusa, sai come sono fatto, non ho molta simpatia per i medici e gli ospedali però, beh, in effetti penso di avere un po' esagerato, scusami ancora; cercherò di prendere la cosa con uno spirito diverso.»

Il resto del viaggio trascorse nel silenzio quasi assoluto dell'uomo che però almeno, così pensò Karolina, non rassomigliava più alla larva di un insetto ma a una normale figura umana.

Lo svincolo per Prien am Chiemsee giunse dopo circa un'ora e mezza di viaggio.

«*Alla prossima rotonda prendere la prima uscita a destra*». La voce del navigatore arrivò improvvisa a rompere un silenzio che era diventato quasi irreale, continuando dopo un paio di minuti: «*Avete raggiunto la vostra destinazione*».

«Il navigatore è andato!» sentenziò Jürgen. «Ci ha portati davanti a un albergo!»

L'edificio davanti a loro, in effetti, non poteva che essere un hotel: quattro costruzioni immerse in un grande parco pieno di alberi si affacciavano su un enorme prato all'inglese che digradava dolcemente verso la riva del lago, mentre sul lato sinistro un lungo pontile in legno dava accesso ad alcune barche a remi e a piccole imbarcazioni a motore ormeggiate in attesa di potenziali marinai.

«Chiediamo a quella donna» propose Karolina, «certamente saprà indicarci la clinica che stiamo cercando.»

«Ci siete davanti» rispose la donna, «questa è la clinica: l'ingresso per i visitatori è sull'altro lato mentre per i ricoveri potete entrare in quel parcheggio poco più avanti sulla destra.»

La donna si allontanò lasciando i due seduti in auto a bocca aperta per lo stupore.

«Ehi Herr Klopp» disse Karolina, «penso che il tuo ricovero non sarà poi così malvagio, non credi anche tu?»

«Buongiorno signor Klopp, la stavamo aspettando». La voce dell'infermiera Sandra sorprese marito e moglie alle spalle non appena furono entrati nella hall del reparto. «Spero abbiate fatto buon viaggio. Sbrighiamo qualche formalità burocratica e poi la faccio subito accomodare nella sua stanza. Il dottor Steinart la visiterà in tarda mattinata».

Dopo aver provveduto a inserire i dati anagrafici del nuovo paziente, l'infermiera accompagnò Jürgen nella stanza numero 477, una singola con servizi interni e tv LCD che dava ancor più l'idea di trovarsi in un hotel quattro stelle invece che in una clinica.

«Allora Jürgen – posso chiamarla così, vero? – questa è la sua stanza; qui c'è il bagno completo di doccia e asciugacapelli. La tv è disponibile dalle ore 12 alle 22 – sa, per non disturbare gli altri pazienti – e se vuole posso anche attivarle la connessione wireless, però il costo di questo servizio è a carico del paziente. Il pranzo viene servito alle dodici e trenta, la cena alle diciannove, mentre per la colazione mi dica lei a che ora la preferisce.»

Jürgen era frastornato quasi come il giorno del suo matrimonio e questo era tutto dire, visto che in quell'occasione l'emozione gli aveva giocato un brutto scherzo tanto da farlo arrivare alla cerimonia con un'ora abbondante di ritardo. Tutto gli sembrava strano, quasi irreale, come fosse finito dentro un reality televisivo o, meglio ancora, in uno di quei telefilm ambientati nelle emergency room degli ospedali americani: "Stai a vedere che adesso entra George Clooney e mi fa il prelievo del sangue" pensò fra se, e questo pensiero fece comparire sulle sue labbra un lieve sorriso, forse il primo dopo tanti giorni di tensione.

«Bene, ora la lascio. Lei si metta pure comodo e se ha bisogno di me schiacci pure quel tasto verde che trova sopra il suo letto». L'infermiera chiuse lentamente la porta lasciando i due coniugi soli nella stanza.

Jürgen cominciò a sistemare nell'armadio le poche cose che aveva in valigia, poi, infilato il pigiama, si mise seduto sul bordo del letto in attesa del dottore.

Il resto della prima giornata da degente trascorse abbastanza tranquillamente; la visita del dottor Steinart era risultata nulla di più che una breve chiacchierata durante la quale Jürgen aveva esposto i problemi accusati e il medico li aveva annotati meticolosamente sul tablet che aveva in mano, preannunciando all'uomo che dal giorno dopo sarebbero cominciati una serie di accertamenti clinici che avrebbero preso l'avvio con una TAC. Dopo l'incontro con il medico e il pranzo, che arrivò puntuale alle dodici e trenta, Karolina era ripartita per Monaco lasciando Jürgen sdraiato nel letto della sua stanza che, tra l'altro, aveva anche una bellissima porta-finestra che si apriva su un piccolo terrazzino affacciato proprio sul meraviglioso lago di Chiemsee.

"Chissà se dal terrazzo riesco a intravedere il castello di Herrenchiemsee" pensò, e scendendo dal letto si avviò verso la finestra.

Herrenchiemsee, uno dei fantastici castelli costruiti da re Ludwig II di Baviera sul finire dell'Ottocento, ancora adesso, dopo oltre cento anni, costituiva uno dei luoghi più visitati al mondo, insieme al più famoso castello di Neuschwanstein, situato nel cuore delle Alpi bavaresi.

In effetti l'isola che ospitava il castello non era molto distante da Prien am Chiemsee, ma scorgere il maniero, immerso nei boschi che ricoprivano l'isola stessa, era praticamente impossibile. Jürgen rimase comunque in terrazza, in qualche modo affascinato da quello spettacolo che certo non immaginava di trovare. Il giardino sottostante era pieno di panchine in legno sulle quali erano sedute molte delle persone ricoverate in clinica: qualcuno leggeva, altri chiacchieravano, alcuni se ne stavano in silenzio ad ammirare il paesaggio ma tutti avevano un'aria tranquilla e rilassata che era l'esatto contrario di quella che aveva Jürgen, sempre teso e incupito per quanto stava vivendo.

"Magari se scendo a prendere un po' d'aria e un po' di sole mi sentirò meglio anche io" pensò. Così, inforcata una giacca da camera di colore blu scuro, si avviò verso il corridoio che portava direttamente sul prato.

«Ottimo, Jürgen, si faccia una bella passeggiata e si goda queste belle giornate di sole autunnale, vedrà che al rientro si sentirà meglio.»

La voce dell'infermiera Sandra aveva un qualcosa di famigliare per l'uomo, che non riusciva a capire cosa fosse ma che ogni volta che la sentiva faceva un salto indietro nel tempo fino a tornare bambino.

Passeggiando sul soffice prato verde smeraldo tenuto in maniera impeccabile, tanto da far invidia al manto dell'Allianz Arena, Jürgen giunse vicino all'unica panchina ancora libera, quella che, dando le spalle alla clinica, permetteva a chi vi si fosse seduto di ammirare frontalmente la bellezza del lago e delle coste che lo circondavano, trovandosi seduti a pochissimi metri dalla battigia. La panchina era ombreggiata da un grosso noce che si trovava qualche metro più indietro e che, con l'approssimarsi del tramonto, allungava l'ombra dei suoi lunghi e possenti rami fino alla riva del lago, motivo per cui, in molti, evitavano di sedersi in quel posto infastiditi proprio da quella infelice, a parer loro, esposizione.

Arrivando di fianco alla panchina Jürgen notò che in effetti non era proprio vuota; ai suoi piedi, seduto a gambe incrociate, avvolto in un pigiama rosso e blu e intento a leggere un libro, c'era un bambino dai capelli cortissimi color carota, così aranciati da sembrare quasi tinti. Jürgen si arrestò, poi, dopo qualche secondo, si girò e fece per tornarsene indietro, alla ricerca di qualche altro posto dove andarsi a sedere.

«Ciao! Ehi ciao, dico a te. Guarda che per me puoi anche sederti, tanto io preferisco starmene seduto qui a gambe incrociate. Non puoi capire che bella sensazione sedersi sull'erba, molto più soffice e morbida di queste panchine di legno.»

A quelle parole, suo malgrado, Jürgen fu costretto a fermarsi e a rispondere al saluto. Nelle sue intenzioni questo era il massimo che poteva concedere a quel bimbo perché non aveva certo voglia di sedersi lì, in compagnia di quel piccoletto.

«Dai vieni a sederti, tanto questo posto non lo vuole nessuno; nessuno ama sedersi all'ombra della grande pianta di noce. A me invece piace, anzi quando arriverà la primavera chiederò a papà di piantare un piccolo albero di noce vicino al fontanile dove portiamo ad abbeverare le pecore, così fra qualche anno, quando sarò io a condurle al pascolo, mi farà un po' d'ombra.»

A sentire quelle parole, nonostante l'avversione per i 'mocciosi', Jürgen rimase così incuriosito da ritornare sui suoi passi e andarsi a sedere.

«Piacere, io mi chiamo Jürgen» disse rivolto al bambino, allungando la mano destra.

«Io sono Mathias» rispose quello, alzando per la prima volta il viso dal libro che stava leggendo e voltandosi a guardare il suo interlocutore. La carota che sembravano avergli spolverato in testa doveva essere la stessa che gli avevano grattugiato in faccia, lasciandolo pieno di piccole lentiggini che facevano risaltare ancor più i piccoli occhi azzurri cerchiati da occhiali forse troppo grandi per il suo volto.

«Sei nuovo, vero? Insomma, voglio dire, è la prima volta che vieni qui, in clinica?» chiese il bambino.

«Beh, sì in effetti è la prima volta, ma perché tu invece...»

«Io sono un cliente abituale. Penso sia la settima o l'ottava volta che vengo qui da quando sono nato. Sei di Monaco, vero?»

«Sì, come fai a saperlo?»

«Ho riconosciuto l'accento. Da queste parti riconosciamo subito quelli di Monaco da come parlano. Io tifo per il Bayern sai, ho anche il pigiama con la foto di Robben vedi» e a quelle parole si alzò in piedi di scatto mostrando all'uomo la maglietta del suo pigiama con la faccia del numero 10 del Bayern stampata sopra. «Tu per chi fai il tifo?»

«Mah... Sì, anche io un po' per il Bayern ma non è che segua molto il calcio» rispose Jürgen, evitando di aggiungere altro.

«Bene, mi fa piacere averti conosciuto. Scusami ma sono quasi le quattro e devo tornare in camera perché in tv danno i miei cartoni animati preferiti. Se ti va di venirmi a trovare sono alla stanza 478 al secondo piano, altrimenti ci vediamo domani, ciao» e detto questo filò via di corsa lungo il prato.

Jürgen rimase seduto a pensare a quel bimbo; cosa voleva dire quando diceva di essere un cliente abituale? Quali problemi poteva avere tanto da costringerlo a ricoverarsi così spesso in clinica? A quei pensieri ne seguì, però, subito un altro: era il suo vicino di stanza e questo voleva dire che non si sarebbe liberato tanto facilmente di lui! Con questi pensieri che gli frullavano in testa l'uomo si avviò lentamente verso l'acciottolato che dava accesso alla clinica, tornò in camera, accese il televisore e restò in attesa della cena.

Il mattino seguente Jürgen venne svegliato dal cinguettio di una coppia di pettirossi che saltellavano allegramente sulla ringhiera della terrazza della sua camera. Erano circa le sette e il silenzio che regnava fuori e dentro l'ospedale era quasi assoluto. Sceso dal letto, si avvicinò alla finestra per dare un'occhiata al lago, causando in quel modo la fuga precipitosa dei due uccellini. Una leggera coltre di nebbia ricopriva lo specchio d'acqua dando al paesaggio un aspetto quasi irreale; il sole, appena sorto, illuminava le montagne circostanti le cui vette erano avvolte dalle nuvole ma che, di lì a poco, si sarebbero liberate di quel soffice cappuccio rivelandosi in tutta la loro maestosità. I primi contrafforti delle Alpi bavaresi erano ben visibili da Prien am Chiemsee e nelle fredde e terse giornate invernali, da alcune zone, era possibile vedere le montagne riflettersi nelle limpide acque del lago, in una sorta di enorme e magnifico quadro dal vivo.

Il rumore della porta che si apriva fece trasalire Jürgen che si accorse solo allora di essere ancora in boxer e maglietta; d'istinto si diresse verso il bagno tirandosi dietro la porta.

«Buongiorno signor Klopp, le lascio sul tavolo la sua colazione» disse Luise, l'infermiera di turno quella mattina. «Si ricordi che alle nove deve andare al piano seminterrato per la TAC. La verrò a chiamare io qualche minuto prima. Buona colazione.»

«Grazie» farfugliò Jürgen facendo capolino dalla porta del bagno e sbirciando con la coda dell'occhio il vassoio lasciato dall'infermiera sul tavolo. Non era certo la colazione che era abituato a fare a casa: un po' di tè, quattro biscotti secchi, una porzione di marmellata che sembrava essere di albicocche – che era l'unico frutto che non gli piaceva! – e una piccola tazzina di caffè. Jürgen cominciò a mangiare i biscotti ma dopo il primo la bocca del suo stomaco era già chiusa al pensiero del primo esame che lo attendeva, così prese a sminuzzare gli altri tre rimasti, li mise su un tovagliolo di carta e li andò a sistemare in terrazza, a disposizione degli uccellini che sembrava non attendessero altro: in pochi secondi una decina di passeri presero d'assalto i biscotti, portandosi via, nella foga, anche il tovagliolo che poi venne lasciato svolazzare nella brezza mattutina finendo con l'atterrare nel bel mezzo del prato.

Lasciato il resto della colazione sul tavolo, Jürgen si fece la barba, si vestì e rimase in attesa seduto sul bordo del letto.

«Signor Klopp, possiamo andare, venga, l'accompagnerò io». Luise era arrivata e, anche se in cuor suo Jürgen sperava che quel momento non arrivasse mai, dopo pochi minuti si ritrovò seduto in una piccola stanza in attesa di essere chiamato per la TAC.

«Allora signor Klopp, lei attenda qui, fra poco uscirà da quella stanza una mia collega e la chiamerà. Una volta fatto, potrà ritornare al reparto da solo; se avesse bisogno di aiuto mi faccia chiamare.»

«Va bene, grazie signora...»

«Luise, mi chiamo Luise»

«Grazie Luise e io mi chiamo Jürgen. Se vuole può chiamarmi per nome, io lo preferirei. Sentirmi chiamare signor Klopp mi mette ancor più in agitazione.»

«Va bene Jürgen» disse Luise sorridendo amabilmente, «anche a me fa piacere chiamare i pazienti per nome, ma c'è qualcuno che non lo accetta e preferisce mantenere un certo distacco. Allora Jürgen, mi raccomando, stia tranquillo, si rilassi e vedrà che andrà tutto bene. Dovrà solamente aspettare una decina di minuti che l'altro paziente abbia terminato. Ci vediamo dopo.»

Per ingannare il tempo e, soprattutto, per attenuare l'ansia che lo stava aggredendo, Jürgen prese un giornale tra quelli che erano disponibili sul piccolo tavolo rosso posto al centro della stanza, sforzandosi di leggere qualcosa.

«Ciao, anche tu qui?»

Da dietro il giornale spuntò la faccia lentigginosa di Mathias, con gli occhiali che pendevano sulla destra e i capelli più dritti del solito.

«Ciao, sì, anche io qui». Dal tono secco e dalla brevità della risposta era chiaro che l'uomo non aveva alcuna voglia di parlare, in preda com'era a una vera e propria crisi di panico man mano che si avvicinava il suo turno; ma a questo il bambino non fece assolutamente caso.

«Ehi, hai letto? Il Bayern ha vinto ieri sera. Tre a zero al Borussia Dortmund, siamo troppo forti quest'anno, vero?»

«Già» fu la laconica risposta di Jürgen.

«Ehi senti, cosa devi fare dopo? Io devo fare un'ecografia e poi un prelievo del sangue ma nel pomeriggio nulla. Ti va oggi pomeriggio di fare una partita a biliardino? Ce ne sono un paio nella sala ricreazione, al nostro piano, ci sei mai stato? Allora accetti la sfida?»

Nascosto dal giornale che stava facendo finta di leggere, Jürgen chiuse gli occhi e cercò di far ricorso a tutto il suo self control per restare calmo davanti a quel fiume di parole e di richieste che non facevano altro che innervosirlo ancor di più.

«Senti, io non sono capace di giocare a biliardino e non so cosa dovrò fare oggi. Preferirei riposarmi in camera e penso dovresti farlo anche tu visto che ti trovi in un ospedale e non in una sala giochi». La risposta, che avrebbe messo k.o.

qualsiasi adulto, scivolò via come acqua corrente sulla pelle di Mathias.

«Bene, allora ci riposeremo un po' e poi andremo a giocare a biliardino. Non ti preoccupare se non sai giocare, cercherò di non infierire e di farti segnare almeno un gol, che ne dici? Senti ma non è che sei un po' nervoso perché hai paura della TAC, eh?»

Punto nel vivo, Jürgen fece per alzarsi in piedi e controbattere, quando la porta dell'ambulatorio si aprì: «Herr Klopp – suppongo sia lei visto che con Mathias ci conosciamo bene, vero? – tocca a lei, prego entri».

A quella chiamata Jürgen sentì tremare le gambe; la testa cominciò a girare vorticosamente fin quando i sensi lo abbandonarono facendolo finire lungo disteso ai piedi dell'infermiera.

«Ehi ciao, finalmente ti sei ripreso. Sai, in attesa che riprendessi i sensi mi hanno fatto passare avanti per cui ora ti saluto, vado a fare gli altri esami. Ci vediamo oggi per la partita, mi raccomando, non ti dimenticare...». La figura di Mathias sparì dietro al muro che divideva la sala d'aspetto dalla rampa di scale e solo a quel punto Jürgen realizzò che si trovava disteso su una barella con una flebo attaccata al braccio destro. Alla vista dell'ago che penetrava il suo braccio per poco non perse i sensi nuovamente poi, mettendo a fuoco con difficoltà la figura che gli stava a fianco, incontrò lo sguardo di Luise che, evidentemente avvertita dalla collega della radiologia, era scesa a vedere cosa fosse successo al suo paziente.

«Tutto bene Jürgen? Poteva anche dircelo che aveva qualche piccolo problema – diciamo così – "psicologico" a relazionarsi con medici e ospedali, le avremmo dato qualcosa per tenerla più calmo ed evitarle guai peggiori. Sa che le è andata proprio bene? Nella caduta avrebbe potuto anche rompersi qualcosa e allora sì che sarebbe stato peggio. Ora per favore faccia il bravo, l'accompagnerò io in sala TAC e poi aspetterò qui che abbia finito l'esame per riaccompagnarla in reparto ok?»

Jürgen, forse, non si era mai vergognato tanto in vita sua. Oltre alla brutta figura fatta con l'infermiera della radiologia, ora gli toccava pure subire la reprimenda di Luise e, ne era certo, al pomeriggio sarebbe arrivata quella della sua collega Sandra. Ma la cosa che più gli creava disagio, in realtà, era la figuraccia fatta di fronte a quel 'monello' di Mathias che pareva veramente a suo agio in quell'ambiente e sembrava anche non aver paura di nulla.

«Allora signor Klopp, resti fermo e immobile. Quando glielo dico io blocchi anche la respirazione. L'esame durerà una decina di minuti. Mi raccomando: *faccia il bravo*, altrimenti saremo costretti a ripeterlo nuovamente.»

In quella frase, «*faccia il bravo*», pronunciata dal dottore che si trovava al di là del vetro che delimitava la stanza della TAC, a Jürgen parve di cogliere un accenno ironico, neanche troppo velato, a quanto accaduto qualche minuto prima. Stava per rispondere a tono al medico quando una voce stentorea, che non sapeva dire a chi appartenesse, lo redarguì energicamente: «Fermo! Stia fermo e non respiri!».

Dopo circa quindici minuti – che manco a dirlo gli parvero interminabili – Jürgen venne riaccompagnato in camera dal suo 'angelo custode', che però l'avvertì anche che dopo mezz'ora sarebbe tornata a riprenderlo per portarlo al laboratorio analisi.

"Se la TAC mi ha fatto questo effetto, figuriamoci il prelievo di sangue! Che Dio me la mandi buona" pensò.

Sceso al piano terra sottobraccio a Luise, manco fosse un vecchietto decrepito, appena girato l'angolo della sala prelievi ecco di nuovo la faccia sbarazzina di Mathias che, con una bella ciambella ricoperta di zucchero in mano, tutto sorridente e con un batuffolo d'ovatta a comprimere il forellino appena causato dalla siringa, se ne stava tornando al reparto di degenza.

«Ciao, io ho appena fatto, vedrai che non è nulla, è proprio una cavolata. Ci vediamo dopo.»

A Jürgen scappò un mezzo sorriso e si accorse che era la prima volta che gli accadeva da quando aveva conosciuto quel 'mocciosetto'. "In effetti" pensò, "un pochino simpatico lo è, e poi ha quei capelli rossi che lo rendono ancora più buffo".

Non aveva ancora finito di pensare l'ultima frase che si ritrovò seduto, con il braccio sinistro scoperto e una corpulenta infermiera davanti a sé che, armata di siringa e laccio emostatico, si preparava al prelievo. Le gambe tornarono a tremare ma, al contrario di quanto accaduto un'ora prima, da dentro il petto Jürgen sentì una forza improvvisa, quasi sovraumana, che ebbe il potere di farlo calmare all'istante. Nei giorni e nei mesi seguenti, ripensando all'episodio, l'uomo si convinse che a dargli la forza di reagire, più che la forza interiore, fu la paura che quella gigantesca infermiera – che non avrebbe sfigurato nemmeno vicino a qualche giocatore di football americano – potesse mollargli un sonoro ceffone.

«Ehi, vieni a giocare! Che fai? Ancora dormi?!». La voce di Mathias che bussava alla porta svegliò Jürgen che dopo pranzo si era disteso sul letto e si era addormentato nonostante la televisione passasse uno degli episodi del suo telefilm preferito: *L'ispettore Derrick.*

Ancora con gli occhi semichiusi si avviò verso la porta cercando a tastoni la maniglia.

«Ehi ciao, ti aspetto in sala ricreazione. È in fondo a questo corridoio, ultima stanza a sinistra, non puoi sbagliarti. Ah, già che ci sei porta anche qualche moneta da cinquanta centesimi che io ne ho solo due. Ci vediamo.»

Jürgen richiuse la porta e, dopo essersi lavato il viso e i denti, si avviò lungo il corridoio.

«Dai sbrigati che il biliardino è libero. Io prendo i rossi, sai come il Bayern, e tu i blu come... come chi?»

«Blu come la Francia» rispose prontamente Jürgen.

«La Francia? Ma dai non scherzare, come fa la Francia a giocare contro il Bayern, non dire fesserie, trova un'altra squadra.»

«Trovala tu un'altra squadra visto che sei così informato» rispose piccato Jürgen.

«Ok, te la trovo io, fammi pensare... Ho trovato: blu come il Werder Brema. Siete proprio tutti uguali voi papà, non vi impegnate mai seriamente quando giocate!»

Jürgen, che stava per ribattere puntigliosamente che nei colori sociali del Werder non c'è una punta di blu manco a pagarla oro, a quelle parole rimase impietrito, tramortito, proprio come un pugile sul ring dopo un violento gancio alla mascella.

«Che c'è? Ti sei offeso per quello che ho detto? Anche il mio papà quando gioca con me non è mai serio, così finiamo sempre per bisticciare, anche se poi lui mi abbraccia forte e ci ritroviamo a rotolare sul tappeto e a ridere come matti. Sono sicuro che anche tu con i tuoi bambini non sei serio quando giochi, non ho ragione?»

Jürgen si accorse che il groppo che gli si era andato formando in gola gli impediva di rispondere, così finse un colpo di tosse e poi disse: «La cominciamo o no questa partita?».

«Senti, che ne dici di un po' di pausa? Abbiamo fatto dieci partite, le hai vinte tutte e neppure mi hai fatto segnare un gol, come invece mi avevi promesso. Ti va di metterti seduto a quel tavolo laggiù in fondo?» disse Jürgen, ma proprio in quel momento squillò il cellulare.

«Ciao Karolina... Sì, tutto bene... Anche io, amore... Cosa sto facendo? Beh, veramente sono insieme a un amico e abbiamo finito ora di fare qualche partita a biliardino.»

«Bene, sono contenta che ti sia già fatto un amico. Certo, strano passatempo per due adulti giocare al calcio balilla!»

«Beh, veramente il mio amico si chiama Mathias e ha... ha otto anni.»

Dall'altro capo del telefono non giunse alcuna risposta.

«Cara, ci sei ancora?»

«Sì sì, ci sono. Ma vuoi dirmi davvero che stavi giocando a biliardino con un bambino di otto anni? Tu, Jürgen Klopp che gioca con un bambino? Incredibile, questa è una notizia da *Suddeutsche Zeitung*, anzi da prima pagina della *SZ*» rispose la donna.

«Non prendermi in giro dai; non aveva nessuno con cui giocare e così mi sono offerto io, per non sentirlo frignare», ma nonostante il tono dissimulante si capiva lontano un miglio che non era andata affatto così e Karolina, che conosceva suo marito meglio di chiunque altro, non si era certo fatta ingannare da quella parvenza di giustificazione.

«Va bene caro, ora devo proprio lasciarti, ci sono dei clienti da servire in negozio. Ci sentiamo domani.»

Jürgen ripose il telefono in tasca e si avviò verso il tavolo.

«Con chi parlavi?» chiese il bambino.

«Ehi, queste sono domande personali, potrei anche risponderti che sono affari miei no?»

«Sì lo so, ma tanto non mi risponderai così, vero? Allora chi era?»

«Era Karolina, mia moglie, va bene ora?»

«Lo sapevo che c'era di mezzo una donna!»

«E come facevi a saperlo?»

«Perché quando voi uomini parlate al telefono con una donna assumete tutti la stessa aria da... da babbei, anzi no, da cagnolini ubbidienti.»

«Prima di tutto la mia aria non era da cagnolino ubbidiente e poi ti faccio notare che si dà il caso che anche tu sia un individuo di sesso maschile» rispose Jürgen fingendosi stizzito, anche se in realtà quella conversazione lo stava divertendo non poco.

«Ma dai, io ho otto anni, e soprattutto non ho una fidanzata e neanche la voglio perché le donne, esclusa la mia mamma, sono tutte vanitose e antipatiche.»

«Vedrai che crescendo cambierai idea» tagliò corto Jürgen. «Senti ma tu da dove vieni? Tu sai quasi tutto di me, invece io di te non so nulla. Raccontami qualcosa.»

Mathias prese a raccontare la sua vita a Berchtesgaden, paesino delle Alpi bavaresi famoso perché Hitler, a suo tempo, l'aveva eletto a propria residenza estiva e in quelle zone aveva costruito il Berghof, la magnifica villa con vista sulle montagne nella quale amava riposarsi insieme alla sua compagna Eva Braun e al loro cane Blondie. Il papà di Mathias aveva una piccola azienda agricola con tanto di animali mentre la mamma svolgeva il lavoro di casalinga aiutando nella conduzione della fattoria il marito. Naturalmente anche Mathias nel suo piccolo aiutava i genitori e questa era una delle cose di cui andava più fiero.

«Da come lo descrivi deve essere un posto molto bello quello in cui vivi» disse Jürgen.

«È fantastico, è il miglior posto dove vivere e non lo cambierei con nessun altro, anche se ogni tanto, a dire il vero, mi mancano le luci e i suoni di una città come Monaco, e tutti quei negozi pieni di giocattoli poi... a Berchtesgaden non si trovano di sicuro.»

«Senti Mathias, ora posso chiederti come mai sei ricoverato qui?»

A quella domanda il viso del bambino cambiò aspetto e i lineamenti, solitamente dolci e rilassati, divennero improvvisamente tesi e duri.

«Sono qui perché ho una malattia difficile da curare e che ha anche un nome difficile, si chiama neo... neo... boh, neo-qualcosa epatica, insomma una malattia del fegato. Credo sia una malattia un po' brutta perché quando il dottor Steinart lo ha detto ai miei ho visto mia mamma che piangeva. Però a me non dà fastidio, solo che ogni tanto devo ricoverarmi perché mi fanno delle analisi e altri esami e poi in base ai risultati mi danno la cura. Stavolta, però, mi hanno detto che la terapia dovrò farla qui in ospedale perché è diversa da quella delle altre volte, la inizio domattina. E tu perché sei qui?»

Il groppo in gola che Jürgen aveva avvertito qualche minuto prima durante la partita a biliardino, dopo aver ascoltato le parole di Mathias tornò nuovamente a farsi sentire, in maniera anche più forte di quanto avvenuto in precedenza; stavolta, prima di parlare, furono necessari ben due finti colpi di tosse ai quale seguì una bella sorsata d'acqua senza la quale sarebbe stato difficile andare avanti.

«Io sono qui per fare degli esami. Sai, qualche giorno fa ho avuto un piccolo malessere e il mio medico vuole approfondire la cosa. Ma i tuoi genitori non vengono a trovarti? Non hai paura a stare solo?»

«Paura? E di che? Qui oramai mi conoscono tutti e mi trattano bene. I miei mi telefonano due o tre volte al giorno, ma sai, la fattoria non può essere abbandonata, gli animali devono essere accuditi. Papà mi ha raccontato che l'altro giorno sono nati due vitellini. Quando tornerò a casa gli troverò un bel nome e quando arriverà la primavera li porterò io stesso al pascolo. Comunque mamma verrà domani mattina prima che inizi la nuova terapia e ha detto che resterà con me tutto il giorno, così la potrai conoscere anche tu.»

«Mi farà molto piacere. Senti Mathias, che ne pensi se stasera quando arriva la cena porto il mio vassoio in camera tua e mangiamo insieme?»

«Sìì! Che bello! Però vengo io da te, voglio vedere com'è la tua camera!»

I due si avviarono lungo il corridoio scherzando sulla sonora batosta presa da Jürgen a biliardino.

«Sono contento che sei il mio vicino di stanza, sai» disse all'improvviso Mathias accompagnando quelle parole con un sorriso che mise in evidenza la finestrella lasciata aperta dalla caduta di un dente da latte non ancora rimpiazzato.

«Anche io sono contento che tu sia il mio vicino di stanza» rispose Jürgen, «anche se un gol potevi anche farmelo fare!». Ne seguì una risata che, risuonando lungo i silenziosi corridoi della clinica, si prolungò fino a che i due non ebbero raggiunto le rispettive stanze.

«Buongiorno Jürgen, ecco la sua colazione!»

La voce inconfondibile di Sandra sorprese Jürgen ancora raggomitolato sotto le lenzuola del suo letto; aprendo a fatica gli occhi si accorse che aveva dormito per quasi dieci ore di fila, senza svegliarsi mai e senza percepire alcun suono, neanche il canto dei pettirossi che erano soliti cinguettare fin dalle prime luci dell'alba, rincorrendosi tra i rami degli alberi che circondavano tutto l'edificio.

La colazione, già abbastanza scarna di per sé, quella mattina era ancor più povera: una tazza di tè faceva compagnia a due sole fette biscottate, con un'immagine complessiva che, così pensava Jürgen, metteva una tristezza infinita solamente a guardarla.

Il tè scivolò fino allo stomaco senza lasciare alcun sapore mentre le fette biscottate finirono, come al solito, per costituire il pasto principale di tutti i volatili che durante il giorno affollavano la terrazza della camera. Ritto in piedi davanti allo specchio del bagno, intento a stendersi sul viso la schiuma da barba, Jürgen collegò la misera colazione che gli era stata portata al fatto che quella mattina era programmata un'ecografia all'addome che, evidentemente, necessitava che il paziente fosse quasi a digiuno per essere eseguita correttamente.

Quando Jürgen, accompagnato da un'infermiera mai vista prima, arrivò nella sala d'attesa dell'ambulatorio ecografico, quasi si meravigliò di non trovare ad attenderlo Mathias, tanta era ormai l'abitudine di ritrovarsi davanti la sua faccia lentigginosa.

«Sono sicuro che fra poco arriverà» pensò; ma il bambino non arrivò. Il pensiero di Mathias lo distolse per qualche minuto dalla preoccupazione per quell'ennesimo esame, almeno fin quando la voce flautata di una giovane dottoressa non lo fece tornare bruscamente alla realtà dei fatti.

«Guten Morgen, Herr Klopp. Per favore, si sdrai su quel lettino e scopra l'addome.»

La dottoressa prese a cospargere il ventre dell'uomo con un gel dall'odore nauseabondo – almeno così lo percepiva Jürgen – che oltretutto era anche terribilmente freddo.

«Ha mai fatto un'ecografia Herr Klopp? No? Non si preoccupi, non sentirà nulla e faremo prestissimo.»

Anche in questo caso, come avvenuto al momento della TAC, a Jürgen sembrò quasi che, nel pronunciare quelle parole, la dottoressa si trattenesse a stento dal mettersi a ridere.

"Sono diventato lo zimbello di tutti i medici dell'ospedale" pensò, "accidenti a me e a questa folle paura che mi porto dietro."

Dopo aver svolto il suo esame, l'uomo si andò a sedere in giardino in attesa della successiva visita programmata per le undici e trenta. Il controllo cardiologico non riscontrò alcun problema particolare così come quello effettuato dall'otorino e così, in parte rassicurato da quei responsi, Jürgen se ne tornò in camera in attesa del pranzo. Stava aprendo la porta della stanza quando, sentendo aprirsi quella della camera a fianco dove si trovava Mathias e convinto di veder spuntare di lì a poco quel faccino birichino, restò per un attimo fermo sulla soglia pronto a salutare il suo piccolo amico. Invece dalla stanza 478 si affacciò una donna bionda, dalla faccia rotonda con delle guance rosse e paffute. Gli occhi erano lucidi e gonfi, segno inequivocabile che aveva pianto fino a pochi istanti prima, e non appena si richiuse la porta alle sue spalle quel pianto leggero ma costante riprese inarrestabile. La donna, che non si era accorta della presenza dell'uomo, appoggiò le braccia conserte al muro e vi nascose in mezzo il viso mentre i singhiozzi, ora più evidenti, le scuotevano violentemente le spalle. Jürgen era frastornato e non sapendo bene cosa fare, entrò nella sua camera con l'intenzione di chiudersi dentro e lasciare che la donna desse libero sfogo alla sua angoscia in totale solitudine. Al momento di girare la chiave, però, sentì un sussulto al cuore al pensiero del dramma che si stava consumando in quel corridoio deserto, così tornò sui suoi passi e, avvicinandosi alla mamma di Mathias, le chiese se avesse bisogno di qualcosa, se poteva in qualche modo aiutarla. La donna, ancora scossa dai tremiti del pianto, si voltò verso il suo interlocutore cercando, con difficoltà, di rispondere a quelle domande.

«No, la ringrazio, non si preoccupi, sto bene, davvero. Grazie ancora.»

«Lei è la mamma di Mathias, vero? Io mi chiamo Jürgen, Jürgen Klopp, sono nella stanza 477. Non ho visto Mathias oggi, tutto bene spero?». Appena pronunciate le ultime sillabe Jürgen si rese conto di aver detto un'enorme fesseria: era chiaro che non andava tutto bene, anzi era proprio chiaro che andava tutto male a giudicare dal pianto della donna, ma in quel momento, quelle pronunciate, erano le uniche parole che gli erano venute in mente.

«Io mi chiamo Karla, Karla Mosel» rispose la donna asciugandosi le lacrime e cercando di ricomporsi. «Mathias mi ha parlato tanto di lei al telefono. Mi ha raccontato delle vostre partite a biliardino e della vostra amicizia, anzi, la ringrazio molto per essergli stato così vicino in questi ultimi due giorni. Stamattina Mathias ha effettuato la prima seduta di chemioterapia e...». Le lacrime ripresero a scendere dagli occhi verde smeraldo della donna che in tutta fretta tornò a nascondersi il viso fra le mani cercando di portare a termine il discorso. «... è stato malissimo oggi, malissimo. Se penso che dovrà soffrire così ancora per altre tre settimane...» ma a quel punto i singhiozzi diventarono così violenti da impedire alla donna di proseguire.

Jürgen non sapeva cosa dire né cosa fare; non era mai stato bravo in certe situazioni e, nonostante non fosse più un ragazzino, continuava a trovarsi in estremo imbarazzo davanti al dolore e alla sofferenza altrui. A toglierlo dall'impaccio di quel momento ci pensò Mathias, che improvvisamente comparve da dietro la porta della sua camera. L'aspetto era completamente diverso da quello dei giorni precedenti. La faccia era pallida, scavata. Gli occhi spenti mostravano tutta la sofferenza che doveva aver vissuto quella maledetta mattina, ma lo spirito, quello no, sembrava non averne risentito. «Ciao, com'è andata stamattina?» riuscì a pronunciare con un filo di voce. «A me non troppo bene. La nuova cura mi ha dato un po' fastidio ma penso che domani starò meglio. Ti va di fare una partita a biliardino domani? Prometto che stavolta ti faccio fare un gol!»

La mamma si precipitò verso il figlio abbracciandolo mentre Jürgen, immobile davanti a quella scena, si accorse che qualcosa di salato gli stava scendendo lungo l'angolo destro della bocca: era una lacrima, la prima di una serie di lacrime che presero a scendere dai suoi occhi alla vista di quello scricciolo così fragile e indifeso ma anche così forte e coraggioso da farlo quasi vergognare delle paure e delle debolezze che lui, un uomo ormai maturo, aveva mostrato in così tante occasioni.

«Ma certo che mi va di giocare con te a biliardino; tu, per oggi, pensa solo a riposare e domani ci faremo non una ma dieci, cento, mille partite e sai cosa ti dico? Non importa se non farò neanche un gol, l'importante è che tu stia bene» e così dicendo avvicinò una mano a quella del bambino stringendola tanto forte da fargli quasi male.

«Allora Jürgen» esordì il dottor Steinart, «penso che la diagnosi sia abbastanza chiara: lei soffre di calcolosi renale, una forma abbastanza seria di calcolosi ma nulla di particolarmente grave. Domani mattina inizieremo una serie di terapie con gli ultrasuoni così da frantumare i due calcoli che attualmente sono presenti nel suo rene destro, poi la terapia proseguirà a casa sua con una dieta rigorosa aiutata anche dall'assunzione di molta acqua minerale. Dopodomani potrà tornare nella sua Monaco. Contento?»

"Che domande" pensò l'uomo, "certo che sono contento di tornare a casa. Tu al posto mio non lo saresti?". Ma si limitò molto più diplomaticamente a rispondere con un semplice «sì, certo» concludendo in maniera abbastanza brusca la conversazione con il dottore.

«Jürgen, sono qua, dai che il biliardino è libero.»

Era la voce di Mathias che, ancora alquanto debilitato, si spostava per l'ospedale seduto su una sedia a rotelle color rosso fuoco.

«Ehi, dove hai trovato questa Ferrari?» disse sorridendo l'uomo.

«Ma quale Ferrari, io tifo per Vettel e papà mi ha promesso che quando arriverà la primavera mi porterà a vedere un gran premio di Formula 1, magari quello del Nürburgring. Hai portato i soldi per giocare?»

«Mathias, ma che modi sono? I soldi ce li ho io, ecco, prendi». La voce della mamma, seduta su uno dei divanetti della sala ricreativa, fece voltare immediatamente il bambino che, spingendo con le mani le grandi ruote posteriori si avvicinò alla mano della donna che gli porgeva alcune monete da cinquanta centesimi.

«Ricorda che hai promesso di farmi fare almeno un gol oggi.»

«E tu ricorda che hai detto che l'importante non era che tu segnassi un gol ma che io stessi bene. Ecco, io ora sto bene per cui... tieni, non ti farò segnare alcun gol» rispose Mathias, e così dicendo lanciò la prima pallina e, girando la manopola corrispondente alla linea dei centrocampisti, scoccò un tiro che si andò a infilare alla destra del portiere manovrato da Jürgen, con un tonfo talmente forte che sembrava quasi che il legno del biliardino si fosse sfondato.

Quel giorno, manco a dirlo, di gol Jürgen non ne fece neanche uno, per la gioia di Mathias che lungo i corridoi della clinica si vantava delle prodezze compiute paragonandole a quelle dei suoi idoli del Bayern, concludendo il discorso, prima di ritirarsi in camera sua, con un eloquente «*Mia san Mia*» che lasciò Jürgen senza risposta.

«Eccoci qua signor Klopp. Ora lei rimanga immobile sul lettino. Io le avvicinerò al fianco destro questa sonda e inizieremo a bombardare con gli ultrasuoni i suoi calcoli renali.»

Benché sapesse benissimo di cosa si trattasse, il solo sentir nominare la parola "bombardamento" fece rizzare a Jürgen i corti capelli castani che aveva in testa.

Il trattamento durò circa venti minuti, durante i quali non successe nulla che fosse degno di nota, a parte le occhiate sempre più frequenti che l'uomo indirizzava al grande orologio posto sopra la porta dell'ambulatorio medico nella vana speranza di accelerare lo scorrere del tempo e porre fine a quella che lui, a torto o a ragione, considerava una piccola tortura.

Vuoi per la posizione che era costretto a tenere, vuoi per un forte mal di testa che lo accompagnava dal momento del risveglio, a un certo punto Jürgen socchiuse gli occhi e fu allora che il volto sofferente del piccolo Mathias gli riapparve davanti. Due giorni prima, alla vista di quel volto, Jürgen aveva pianto; ora, quell'immagine ebbe l'effetto di una scossa, perché sembrava volergli ricordare che proprio in quel momento c'era qualcuno che stava soffrendo molto più di lui.

Terminata la terapia ultrasonica, Jürgen se ne tornò in stanza a preparare il suo piccolo trolley in vista del ritorno a casa previsto per il giorno dopo. Il trolley era disteso sul piccolo tavolo in legno chiaro posto in un angolo della stanza e Jürgen si apprestava a sistemare i suoi indumenti, quando dalla stanza a fianco, quella di Mathias, si udì provenire un flebile lamento. Jürgen accostò l'orecchio alla parete e a quel punto i lamenti del piccolo divennero chiari e terribilmente angoscianti. La seconda giornata di terapia, chiaramente, si stava facendo sentire sul corpo del bambino che stavolta sembrava molto più provato di quanto non fosse due giorni prima. Con quel lamento nelle orecchie e al pensiero di quello che Mathias stava vivendo, il pranzo che l'infermiera Sandra aveva puntualmente servito restò intatto, con Jürgen che per tutto il giorno non mandò giù che un paio di bicchieri d'acqua, cosa che peraltro riuscì a fare solamente chiudendosi in bagno, dove i lamenti del piccolo non potevano arrivare.

La pioggia scendeva copiosa quel sabato mattina e sembrava che anche il cielo ci mettesse del suo per rendere quel giorno ancora più triste di quanto non fosse già. Erano le dieci e Karolina, arrivata da circa mezz'ora, aveva provveduto a caricare in macchina la valigia del marito che nel frattempo si era fermato alla reception del reparto per salutare Sandra e Luise.

«Mi tolga una curiosità» disse rivolto all'infermiera Sandra, «lei non è di queste parti, vero?»

«No, sono originaria di Brema ma vivo qui a Prien da quasi vent'anni ormai. Perché me lo chiede?»

Ma certo! Ecco cosa c'era di tanto familiare in lei; solo ora Jürgen l'aveva capito.

«Brema? Anche mia madre era di Brema, ecco perché la sua voce e il suo accento mi erano così familiari.»

Seguì una lunga disquisizione sulle caratteristiche tipiche dei dialetti del nord e del sud della Germania, condita da una bella dose di campanilismo che si concluse, salomonicamente, con una bella risata collettiva e calorose strette di mano. Jürgen, però, non poteva ancora andar via così, senza aver salutato Mathias. Si avviò lungo il corridoio e giunto davanti alla stanza del piccolo bussò delicatamente alla porta. L'infermiera Sandra gli aveva detto che il bambino era sveglio e stava un po' meglio rispetto al giorno precedente, anche se era ancora molto debole.

Un uomo alto e con il volto segnato da profonde rughe venne ad aprire la porta. «Lei è Jürgen, vero?» chiese l'uomo con una voce incredibilmente mite per un omone di quella stazza.

«Sì, sono io, lei è il padre di Mathias?»

«Sì. Prego, entri, Mathias la stava aspettando.»

Mathias era ancora a letto, sotto una pesante coperta di lana grigia, con la testa sprofondata nell'enorme cuscino, le braccia distese lungo i fianchi e con gli occhi ancora assonnati che faticavano a stare aperti.

«Grüss Gott Mathias, come stai?»

«Diciamo che l'altro ieri stavo meglio ma sono sicuro che domani starò meglio di oggi» fu la risposta, come al solito spiazzante, del bambino. «Allora te ne vai? Sei proprio sicuro di non voler restare almeno fino a domani, così, tanto per fare un'altra partita a biliardino? Giuro che ti faccio segnare stavolta!»

«Grazie, ma sai come sono questi ospedali, hanno già assegnato la mia stanza a un altro malato. Rimarrei molto volentieri ma come faccio? Non ho più neanche un letto dove dormire. Comunque ti prometto che domani ti chiamo per sentire come stai e poi appena torni a casa ti vengo a trovare ok?»

«Va bene, però ricordati: non chiamarmi durante la partita del Bayern perché non ti rispondo.»

«Mathias» sibilò la mamma del piccolo seduta sul bordo del letto, «ma che modi sono questi? Jürgen ti chiamerà quando ne avrà voglia e tempo e se anche lo facesse durante la partita del Bayern non sarà la fine del mondo.»

«Va bene mamma» si scusò con aria sconsolata il bimbo, «chiamami pure quando vuoi ma se vuoi venirmi a trovare a casa non venire adesso che andiamo verso l'inverno. Vieni dopo, quando arriverà la primavera, così ti porto su, in cima al Klensteinhaus che c'è uno spettacolo fantastico. Vero papà che quando arriverà la primavera mi ci porti lassù?»

A quella domanda gli occhi del padre si velarono di lacrime, prontamente nascoste da un grosso fazzoletto a quadri con il quale fece finta di soffiarsi il naso. «Certo, certo piccolo mio. Quando arriverà la primavera faremo tante cose insieme, anche salire al Nido dell'Aquila e se Jürgen vorrà tenerci compagnia ci farà molto piacere».

«Quel bambino ha una forza straordinaria, incredibile. Avresti dovuto vederlo dopo la prima chemioterapia: era ridotto uno straccio eppure aveva voglia di parlare e scherzare come se niente fosse» disse Jürgen alla moglie che nel frattempo aveva imboccato l'autostrada, direzione Monaco.

«Povero piccolo e soprattutto poveri genitori, costretti a vivere un dramma così grande» rispose lei.

Mathias rimase l'argomento principale delle conversazioni di quello e dei giorni seguenti; sembrava che Jürgen avesse lasciato un pezzo del suo cuore in quella stanza d'ospedale e forse era proprio così. Chiamava al telefono Mathias tutti i giorni e quando lui non poteva parlare a causa delle terapie che lo debilitavano sempre più, l'uomo si informava dai suoi genitori sul decorso delle cure. Purtroppo le notizie non erano buone: ai danni causati dalla neoplasia si aggiungevano quelli derivanti dalla chemioterapia per cui il quadro complessivo non era affatto incoraggiante.

Jürgen parlava di Mathias ogni giorno, a casa e al lavoro, tanto che ormai a molti sembrava quasi che parlasse di un membro della sua famiglia, anzi sembrava proprio parlasse di suo figlio, tanto era l'amore che traspariva dalle sue parole.

«Ehi capo, perché non gli mandi una sciarpa del Bayern firmata da tutti i giocatori della prima squadra? Sono sicuro che lo faresti felice oltre ogni immaginazione» suggerì Franz.

Tempo una settimana e la sciarpa, autografata da tutta la rosa, giunse a Berchtesgaden, a casa di Mathias che nel frattempo era stato dimesso dalla clinica.

«Mamma, papà, guardate cosa mi ha mandato Jürgen: la sciarpa del Bayern e ci sono pure tutti gli autografi dei giocatori!». Il bambino era al settimo cielo e nonostante l'estrema debolezza corse in soggiorno a mostrare ai genitori il regalo ricevuto.

«Guarda papà: quì c'è la firma di Ribery e questa è quella di Robben. Che regalo stupendo, quando tornerò a scuola la farò vedere a tutti i miei compagni. Ah, c'era anche questo biglietto, leggilo tu mamma per favore.»

"Caro Mathias" recitava il biglietto, "spero che questo regalo ti piaccia. Conservala con cura e ricorda: quando arriverà la primavera saliremo insieme al Klensteinhaus e arrivati in cima ti farò una bella foto con la sciarpa del Bayern bene in vista. Con affetto, Jürgen e Karolina"

«Sìì! Quando arriverà la primavera andremo tutti insieme lassù e sarà una giornata bellissima, vero mamma?»

La mamma non rispose ma si limitò a sorridere e annuire con la testa.

I giorni passarono e le telefonate di Jürgen si diradarono perché ogni giorno Mathias stava sempre peggio e faceva sempre più fatica a parlare. I genitori gli spiegarono che la malattia stava procedendo a una velocità maggiore del previsto e che le terapie non avevano avuto l'effetto sperato. «Mathias è forte» disse un giorno la mamma parlando al telefono con Karolina, «vorrei che la stessa forza ce l'avessimo io e suo padre, ma non so per quanto tempo ancora resisterò e vederlo soffrire così; è una cosa straziante». Dopo aver riagganciato il telefono Karolina si mise seduta sul piccolo divanetto color avorio situato nel mezzo della stanza; incrociò le mani poggiandole delicatamente sul grembo, chiuse gli occhi e iniziò a riflettere sulle parole di Karla Mosel, tentando di immaginare cosa doveva provare quella povera donna chiamata a vivere un dramma troppo grande per qualsiasi genitore. Più pensava e più altre domande si affollavano nella sua mente fino a giungere alla domanda suprema, la più semplice ma anche quella che resta sempre senza alcuna risposta: perché? Perché permettere che un bambino di otto anni soffra così? Perché Dio, se esiste, permette certe cose?

Non si aspettava risposte, non credeva che qualcuno sarebbe stato in grado di dargliele; del resto nessuno ci era mai riuscito se non aggrappandosi alla fede religiosa, una prerogativa che lei non aveva, essendo atea. Mentre pensava a queste cose le mani presero ad accarezzare il ventre, con un movimento rotatorio e con la delicatezza propria delle donne incinte che accarezzano il feto che si trova nel loro corpo. Karolina aprì gli occhi e sorrise: anche se Jürgen ancora non lo sapeva, di lì a qualche mese avrebbe avuto un marmocchio tutto suo da spupazzarsi per casa perché lei era incinta e ora, ne era certa, anche suo marito sarebbe stato contento della notizia.

La mattina della vigilia di Natale Jürgen si alzò di buon'ora e anche di buon umore. I suoi problemi fisici sembravano essere svaniti – anche grazie alle attenzioni alimentari che seguiva scrupolosamente da quando era stato dimesso dall'ospedale – e la notizia che Karolina aspettava un bambino lo aveva reso l'uomo più felice del mondo. Certo, c'era sempre il pensiero di Mathias che lo angustiava ma sicuramente, così pensava, anche in questo caso le cose si sarebbero risolte; la terapia avrebbe dato i suoi frutti e il bambino sarebbe guarito così, tutti insieme, avrebbero potuto fare l'escursione al Nido dell'Aquila, salendo fin lassù in sei anziché in cinque visto che Karolina, ora, 'contava' per due.

«Vado in centro a comperare il vino per stasera, tu resta a letto e non ti affaticare, penso a tutto io quando rientro. Ciao.»

Da quando aveva saputo che sua moglie era incinta, Jürgen era diventato terribilmente ansioso e iperprotettivo; non permetteva alla donna di fare quasi nulla e, fosse stato per lui, l'avrebbe fatta rimanere a letto ventiquattr'ore su ventiquattro. Karolina, con la furbizia e l'intelligenza tipica delle donne, diceva sempre di sì al marito salvo poi, appena questi si chiudeva alle spalle la porta di casa, scendere dal letto per fare tutto quello che faceva normalmente prima di restare incinta. Aveva preso un'aspettativa dal lavoro solo perché il suo ginecologo le aveva sconsigliato di trascorrere tutte quelle ore in piedi, ma per il resto continuava a comportarsi normalmente anche se Jürgen avrebbe preferito rinchiuderla in una torre d'avorio per i restanti sette mesi di gravidanza.

Mentre era seduto in metro con direzione centro città, Jürgen sentì trillare il suo telefono che, come al solito, si era andato a rintanare in fondo alla tasca destra del cappotto, sotto a un pacchetto di fazzoletti di carta che ne attutiva il suono. Il numero visualizzato era quello di Mathias e Jürgen si affrettò a rispondere con la voglia di sentire la voce del piccolo, di fargli gli auguri e di dargli anche la notizia che presto anche lui sarebbe diventato padre.

«Pronto Mathias, ciao come stai?» chiese tutto d'un fiato. Dall'altra parte del telefono, però, non c'era Mathias bensì sua madre che con la voce rotta dal pianto diede a Jürgen la notizia che lui non avrebbe mai voluto sentirsi dire: Mathias non ce l'aveva fatta, aveva perso la sua ultima battaglia.

Jürgen cominciò a piangere e a singhiozzare tanto che un'anziana signora seduta vicino a lui, spaventata da quanto stava avvenendo, corse a chiedere aiuto a due ragazzi che si trovavano seduti nel vagone successivo.

«No, grazie, non vi preoccupate, va tutto bene, davvero, grazie» rispose l'uomo asciugandosi le lacrime che, scivolando giù fino alle guance, gli rigavano il volto.

Jürgen, sconvolto, scese alla fermata di Donnersbergerbrücke, si incamminò verso il treno che stava ripartendo in direzione opposta e con il cuore in pezzi se ne tornò direttamente a casa.

Quel Natale, che nelle intenzioni dei due coniugi doveva essere quello più bello e felice, si tramutò in uno dei peggiori della loro vita. Jürgen non riusciva a togliersi di dosso il pensiero di Mathias e a nulla valsero le parole di Karolina che cercavano di sostenerlo ricordandogli che il piccolo, almeno adesso, aveva smesso di soffrire.

«Era lui che mi faceva coraggio, capisci? Lui. Nonostante tutto quello che soffriva era sempre allegro e vitale, con una forza contagiosa. Mi ripeteva sempre che in primavera avrebbe fatto tante cose, anzi, avremmo fatto tante cose e invece... non ha avuto neanche il tempo di vederla la primavera, povero piccolo.»

Gli esami rivelarono ai due coniugi che Karolina avrebbe dato alla luce un bel maschietto ed entrambi furono d'accordo nello scegliere Mathias come nome per il loro bambino. Così a maggio, quando mancavano ormai solo un paio di mesi alla nascita del bimbo, Jürgen decise che era giunto il momento di onorare la memoria di Mathias, mantenendo la promessa fatta a suo tempo: salire sul Klensteinhaus.

L'ultima domenica del mese, approfittando della splendida giornata di sole quasi estivo, caricò in auto la sua mountain bike e si recò a Berchtesgaden, a casa dei Mosel. Indossati pantaloncini e maglia da ciclista, messa nello zaino la sciarpa del Bayern, Jürgen cominciò a pedalare lungo i ripidi tornanti che salgono verso il piazzale da dove un ascensore scavato all'interno della montagna porta dritti al Nido dell'Aquila. La strada saliva dritta sotto i pedali e, nonostante usasse fin dalla partenza la moltiplica più agile, Jürgen faticò non poco per arrivare fino al piazzale. Dopo aver bevuto un sorso d'acqua e mangiato un panino, evitando di prendere l'ascensore l'uomo risalì a piedi lo stretto sentiero immerso nel bosco giungendo infine alla croce posta alla sommità del monte. Prese la sciarpa dallo zaino e la andò a legare in cima alla croce stessa, lasciandola sventolare nella leggera brezza che soffiava, resa gelida dalla neve ancora presente sulle cime più alte delle Alpi bavaresi.

Chiudendo gli occhi e alzando il volto verso il cielo blu cobalto, Jürgen ripensò a Mathias e a quanto quel piccolo scricciolo avesse cambiato, in meglio, la sua vita.

«Hai visto, ce l'abbiamo fatta, siamo arrivati in cima e ci siamo arrivati insieme perché tu sei e sarai sempre al mio fianco. Ora la tua sciarpa sventola più in alto di tutte, proprio come volevi tu. *Mia san Mia.*»

Dopo questo breve pensiero Jürgen riprese la via del ritorno, felice per aver esaudito il desiderio di Mathias, felice perché la vita gli aveva dato l'occasione di conoscere quel piccolo grande uomo che in una settimana aveva stravolto la sua esistenza, facendogli capire più cose di quante lui ne avesse mai comprese in oltre quarant'anni di vita.

Un giorno a settembre

Dopo che per tre giorni il caldo afoso aveva messo a dura prova i nervi dei monacensi, poco avvezzi a temperature solitamente riservate ai paesi mediterranei più che a quelli oltre le Alpi, quel lunedì pomeriggio di inizio settembre sembrava regalare un po' di tregua, grazie a una leggera brezza proveniente dal nord che aveva reso il cielo di un azzurro limpido come quello dipinto da Hans Holbein nel suo *Martirio di san Sebastiano*, conservato nell'Alte Pinakotech della città bavarese.

Andreas, approfittando della bella giornata, aveva telefonato a suo nonno Hans per invitarlo a fare una passeggiata pomeridiana per le vie della città. «In questo modo» aveva detto il giovane, «potrai aiutarmi a preparare la relazione di storia che devo presentare fra due settimane al mio insegnante».

In che modo potesse aiutare suo nipote, Hans non l'aveva capito, ma visto che non uscivano da soli da quando Andreas era poco più che un bambino, l'uomo accettò ben volentieri quell'invito.

"In fin dei conti" pensò, "un po' di movimento mi farà bene; con il caldo che ha fatto negli ultimi giorni sono uscito poco e una bella passeggiata è proprio quello che ci vuole."

L'appuntamento era fissato per le ore quattordici alla fermata della metro di Rosenheimerplatz, un posto abbastanza strano per le abitudini di nonno e nipote che difficilmente frequentavano quella zona della città; un luogo, però, che faceva tornare alla mente dell'anziano molti ricordi legati alla sua giovinezza.

Dopo aver indossato dei pantaloni scuri con una camicia di lino bianca a maniche corte e un cappello di paglia color panna per ripararsi dal sole, Hans si avviò verso la vicina fermata della U-Bahn.

Andreas, invece, che era in giro fin dalle prime ore della mattina con la sua bici da corsa e aveva percorso almeno una decina di chilometri girando in lungo e in largo tutta la zona centrale della città, scattando diverse foto con una macchina avuta in prestito dal fotografo sotto casa, dopo aver mangiato una porzione di Bratwurst in un piccolo locale vicino Marienplatz, seguendo il fitto reticolo di piste ciclabili giunse al luogo dell'appuntamento, dove rimase in attesa di suo nonno.

**

«Nonno, dai nonno, andiamo, smettila di guardarti allo specchio, stai benissimo vestito così. In fin dei conti andiamo solamente a fare una passeggiata in centro, non dobbiamo mica andare a una cerimonia. Vieni, ho già chiamato l'ascensore. Ricorda di prendere il tuo bastone da passeggio e tienimi sottobraccio, ecco, così...». La voce di Mikela, inizialmente brusca, diventò pian piano più dolce mentre, con tenerezza, guardava suo nonno che, ritto davanti allo specchio, si stava sistemando il nodo della cravatta. Avevano deciso fin dalla sera precedente che quel lunedì pomeriggio sarebbero usciti insieme per festeggiare il ritorno a casa della ragazza. Mikela era molto legata a suo nonno, visto che lui l'aveva accudita fin da quando aveva poco più di due anni. Suo padre, implicato in una brutta storia di corruzione, era fuggito in Sudamerica, mentre sua madre, distrutta dal dolore, era sprofondata in uno stato d'ansia e di esaurimento che in pochi mesi l'avevano costretta a essere rinchiusa in un ospedale psichiatrico, dove era morta pochi anni dopo.

La buona condizione economica della famiglia aveva consentito a Bernhard di lasciare il lavoro e dedicarsi a tempo pieno all'educazione e alla crescita della nipote che, da parte sua, gli aveva sempre dimostrato una grande riconoscenza e un amore infinito. Dopo il liceo, Mikela aveva deciso di trasferirsi a Vienna per studiare storia contemporanea, una disciplina che l'aveva sempre affascinata fin da piccola, ben consapevole che questa sua scelta sarebbe risultata traumatica per suo nonno. Così, quasi a voler farsi perdonare, ogni volta che le lezioni all'università avevano qualche giorno di pausa, lei ne approfittava per saltare sul primo treno e tornare in Baviera.

«Vieni nonno, andiamo da questa parte» disse la ragazza incamminandosi lungo Pacellistrasse, «guarda che bel sole oggi. Settembre regala sempre delle magnifiche giornate, non è vero?»

Oltrepassata la chiesa della Santa Trinità, i due girarono a destra e risalendo Maxburgstrasse raggiunsero quella che era la prima meta del loro giro pomeridiano: la Herzog-Max-Strasse, la via che per molti anni aveva ospitato una delle più antiche sinagoghe di tutta la Germania.

* * *

«Ciao nonno, come stai?». L'abbraccio di Andreas, un ragazzone alto quasi due metri con due spalle squadrate formate da anni di nuoto, fu talmente vigoroso che Hans sentì i suoi piedi penzolare a qualche centimetro da terra. Del resto per sollevarlo non è che servisse molto: di piccola statura, magro, con una tendenza a dimagrire ulteriormente con il passare degli anni, l'uomo non aveva mai dato l'impressione di essere quella che si può definire 'una roccia', nemmeno in giovane età.

«Ehi, piano, fai piano o finirai per fratturarmi qualche costola!» sibilò Hans con il filo di voce che quella stretta vigorosa gli aveva lasciato in corpo.

«Scusa nonno, è che sono così felice di passare un po' di tempo insieme a te che quasi non riesco a controllare la mia forza» si giustificò il ragazzo abbassando lo sguardo come un cagnolino bastonato. Nonostante la potenza fisica e i vent'anni appena compiuti, Andreas era, tutto sommato, ancora un bambinone. Uscire con suo nonno era per lui ancora una grande gioia, quasi come quando, da bambino, quel nonno che allora gli sembrava così grande e forte lo accompagnava al parco sotto casa e, spingendolo sull'altalena, lo faceva volare più in alto di tutti gli altri bambini. Quello era il nonno che Andreas amava ricordare e anche ora che lui era grande il doppio di quel vecchietto che si trovava davanti, per lui restava sempre il suo amato 'nonnetto'.

«Allora, non mi hai ancora detto in che modo posso aiutarti nei tuoi studi e davvero faccio fatica a capirlo. Io ho solo la licenza elementare mentre tu sei già all'università e fra qualche anno sarai laureato; come puoi credere che il mio basso livello d'istruzione possa esserti d'aiuto?»

«Vedi nonno, anche se non hai potuto proseguire negli studi possiedi qualcosa che io non ho e che mi può essere molto utile nel lavoro che devo fare: tu hai vissuto in prima persona i fatti accaduti in quel periodo storico che io adesso devo studiare e nessuno può essermi più utile di te in questo compito!»

Mentre parlavano i due si erano incamminati in direzione del ponte sull'Isar, distante poche centinaia di metri dal luogo dell'incontro. Prima di giungere sul ponte Andreas si fermò, indicando con l'indice della mano destra un edificio posto sull'altro lato della strada: «Ecco nonno, cominciamo da lì, da quell'albergo, o meglio, dall'edificio che sorgeva al suo posto fino a qualche anno fa».

Hans, che ricordava benissimo cosa c'era in quel posto prima che fosse costruito l'albergo, guardò fisso suo nipote e poggiandogli una mano sulla spalla, gli sussurrò: «Ora capisco perché mi hai dato appuntamento proprio qui; bene, se è questa la storia che vuoi sentire da me, farò del mio meglio per raccontartela nel miglior modo possibile».

* * *

«Eccoci qua nonno; allora, che ricordi ti tornano in mente passeggiando lungo questa strada?»

La domanda rimase per lunghi secondi senza risposta. Bernhard aveva lo sguardo perso nel vuoto, come se si trovasse su un altro mondo, lontano anni luce da quella via che, nonostante l'ora, era così affollata di passanti. Poi, d'improvviso, l'uomo voltò lo sguardo verso sua nipote e dopo aver accennato un lieve sorriso provò a rispondere.

«Vedi Miki» rispose, usando quel nomignolo che piaceva così tanto alla ragazza, «poco fa, per qualche secondo, ho rivisto davanti ai miei occhi una scena bellissima, che non ho mai dimenticato. Era il ricordo della prima volta che vidi tua nonna. Lei era proprio qui, dove ora ci troviamo noi, mentre io ero dall'altra parte della strada, in compagnia dei miei genitori con i quali ero stato alla sinagoga per lo shabbat. Eravamo poco più che bambini ma penso di poter dire che fu amore a prima vista, quello che si chiama colpo di fulmine. Non l'avevo mai vista prima, anche se capivo che era dei nostri perché suo padre portava la kippah e poi perché in questa strada, in quegli anni, passavamo solamente noi ebrei, diretti o provenienti dalla sinagoga. Ecco vedi, era esattamente lì, dove ora c'è quel negozio di articoli sportivi» e così dicendo indicò un piccolo edificio posto sull'altro lato della stretta strada.

«Il sabato questa stradina si riempiva di centinaia di ebrei che dopo la funzione religiosa restavano qua a chiacchierare, a scambiarsi informazioni, anche a fare affari visto che molti si occupavano di finanza o di commercio. Poi c'eravamo noi, i ragazzi più giovani, che vedevamo quel giorno quasi esclusivamente come un'occasione per divertirci un po' e conoscere qualche ragazza.»

«Com'era la nonna quando l'hai conosciuta?» chiese dolcemente la ragazza riprendendo sottobraccio il nonno.

«È inutile che ti dica che era bellissima con quei capelli ambrati come il miele e quegli occhi grandi, marroni, che quando ti fissavano ti facevano girare la testa. Era la più bella di tutte ed eravamo in tanti a esserne, più o meno segretamente, innamorati...»

«Però lei scelse te, vero?» lo interruppe Mikela.

«In effetti, sì, fu proprio lei a scegliere me. Io ero terribilmente timido, anzi diciamo pure che con le donne ero proprio imbranato e se non fosse stata lei a prendere l'iniziativa penso che non avrei mai avuto il coraggio di dichiararmi.»

Mikela scoppiò a ridere e stringendogli il braccio avvicinò le sue labbra alla guancia destra del nonno, schioccandogli un bacio.

«E poi nonno?»

«E poi, tesoro, le cose cominciarono a cambiare. Dopo la Grande guerra, che aveva causato milioni di morti, distruzione, miseria, la Germania piombò in una gravissima crisi economica. La gente non aveva lavoro, i soldi erano pochi e, come se non bastasse, l'inflazione era fuori controllo. Ricordo mia madre che al mattino usciva con pacchi di banconote da mille marchi per andare al forno a comperare il pane. Un giorno tornò a casa in lacrime perché non aveva potuto acquistare niente: il pane era arrivato a costare un miliardo di marchi e lei non aveva tutte quelle banconote. In realtà non ce le aveva nessuno, ad esclusione di pochissimi, per cui in quasi tutte le famiglie si soffriva la fame, quella vera, quella che oltre a farti star male nel fisico ti fa star male anche nell'animo ed esaspera la violenza.»

«Cosa cambiò per noi ebrei, nonno?»

«Tutto, mia cara. Cambiò la nostra vita, anche se ancora non immaginavamo che quello fosse solo l'inizio dell'abisso. Qualcuno cominciò a far girare la voce che quella miseria era colpa nostra, che eravamo stati noi a far perdere la guerra alla Germania e che eravamo sempre noi che ora stavamo affamando il popolo. Erano ancora in pochi a dirlo apertamente ma erano molti quelli che cominciavano a crederci. Andavamo in giro per strada e incrociavamo sguardi torvi, sentivamo i primi commenti: "Eccoli i nostri strozzini, ecco quelli che ci hanno pugnalato alle spalle facendoci perdere la guerra. Noi viviamo in miseria mentre loro si arricchiscono alle nostre spalle". Erano questi i discorsi che cominciavano a prender piede e credimi, la storia della pugnalata alle spalle, la famosa *Dolchstosslegende*, era quella che, personalmente, mi faceva più male. Mio padre era stato in guerra, aveva combattuto per la Germania e sapere che c'era chi accusava lui e centinaia, migliaia di altri ebrei di aver causato la sconfitta della nazione era una delle cose più avvilenti che si potessero ascoltare.»

«Ma non c'era nessuno che vi difendesse? Qualcuno che facesse capire l'assurdità di queste accuse?»

«Cosa vuoi, Miki, di mezzo c'era la politica. All'inizio qualcuno provò a contestare queste affermazioni, poi, visto che nonostante tutto avevano comunque un buon seguito tra la gente, in tanti pensarono che non valesse la pena rischiare di perdere centinaia di migliaia di voti per difendere poche migliaia di ebrei. Succede quasi sempre così: la verità si sacrifica sull'altare dei calcoli politici e in quel momento storico noi ebrei eravamo, diciamo così, sacrificabili!»

* * *

«Bene Andreas, la storia che ti racconto ha avuto inizio proprio da qui. O meglio, per me ha avuto inizio da qui, mentre per molti altri era iniziata qualche anno prima. In ogni caso io non ero mai stato a un comizio politico prima di quell'8 novembre del 1923. Avevo appena compiuto ventitré anni e il mio amico Rudolph mi convinse ad andare alla Burgerbräukeller, la birreria che sorgeva proprio dove ora si trova l'albergo davanti a noi, ad ascoltare Gustav von Kahr che a quell'epoca era il primo ministro bavarese. Quando entrammo, l'atmosfera era abbastanza tranquilla e io e il mio amico ci sedemmo in prima fila, proprio sotto il palco degli oratori.»

«E poi nonno cosa accadde?»

«Dopo pochi minuti le porte d'ingresso si spalancarono e un gruppo di uomini armati fece irruzione nel locale. Al loro comando c'era un piccolo uomo con un paio di sottili baffi che lo rendevano alquanto buffo, avvolto in un impermeabile bruno fin troppo grande per lui.»

«Era Hitler, nonno?»

«Sì, Andreas, era lui. Sparò alcuni colpi di pistola in aria e poi sequestrò Kahr e gli altri, portandoli in una stanza sul retro. Poco dopo tornò sul palco e, arringando la folla, informò i presenti che era in atto un putsch, un colpo di stato e che proprio in quel momento tutte le sedi ministeriali bavaresi e la sede della radio del Land erano sotto assedio. Si precipitò fuori, seguito dai suoi uomini e da tutti noi che eravamo dentro; in pochi minuti eravamo passati tutti dalla sua parte ed eravamo pronti a seguirlo, senza porci alcuna domanda.»

«Ma com'è possibile nonno? Voglio dire, tu non eri un nazionalsocialista, come ti sei potuto ritrovare in strada al seguito di un gruppo di fanatici così?»

«Vedi figliolo. La Germania era uscita da pochi anni dalla Prima guerra mondiale. Il paese era distrutto, materialmente e moralmente. I vincitori avevano imposto sanzioni così dure che l'economia della nazione era in ginocchio. La disoccupazione era altissima, i generi alimentari introvabili, la miseria e la disperazione dilagavano. In questa situazione avevano trovato terreno fertile gli estremismi di ogni genere, sia di destra che di sinistra. La gente era disperata e sai che è sulla disperazione, sulla miseria e sulla rabbia della gente che si fondano molti successi dei movimenti rivoluzionari in tutto il mondo; quando il popolo soffre per la mancanza di lavoro e di cibo, può essere facile preda del demagogo di turno. A quel tempo nessuno di noi capiva a cosa saremmo andati incontro seguendo Hitler ma tutti provavamo sulla nostra pelle la sofferenza e credere che quell'uomo potesse cambiare le cose in meglio ci sembrò quasi naturale.»

Quasi senza accorgersene, i due superarono il Ludwigsbrücke, avviandosi a passo deciso verso la successiva meta di quella passeggiata pomeridiana: la Briennerstrasse.

* * *

«Eccoci qua nonno, perché sei voluto venire proprio nella Herzog-Rudolph-Strasse?» chiese Mikela incuriosita.

«Ti sembra una scelta strana? Beh, in effetti non è una delle strade più frequentate di Monaco. Ma per me, per noi – intendo dire per noi ebrei – ha un'importanza particolare: da questa strada cominciò la nostra discesa all'inferno.»

«Che intendi dire nonno?»

«Vedi cara, la notte del 9 novembre del 1938, verso mezzanotte, fummo svegliati di soprassalto. Qualcuno stava bussando alla porta di casa e chiamava ad alta voce mio padre. All'inizio non avevamo capito chi fosse ma quando aprimmo la porta vedemmo mio nonno, bianco come un cencio; nei suoi occhi si leggeva il terrore che doveva provare in quel momento. Pensa che, nonostante fosse una notte freddissima, era uscito di casa indossando solamente il pigiama, e si era fatto circa un chilometro di corsa per raggiungere la nostra abitazione.»

Mikela deglutì a fatica, come se quel racconto del nonno le stesse facendo tornare alla mente un'esperienza vissuta in prima persona.

«Vieni, continuiamo a passeggiare» riuscì a dire prima che il nonno riprendesse la sua narrazione.

«Quando si fu calmato riuscì a spiegarci che verso le ventitré aveva sentito dei rumori provenire dal negozio – che era posto al pian terreno della sua abitazione – e, affacciandosi alla finestra per capire di cosa si trattava, aveva visto degli uomini lanciare sassi contro le vetrine di tutti i locali della strada e poi incendiarli. Per la paura si era nascosto nel sottoscala e appena quel gruppo di persone si era allontanato lui era fuggito per venire a chiedere aiuto a noi.

Quando arrivammo con mio padre in questa via, non puoi immaginare neanche cosa trovammo davanti ai nostri occhi; le vetrine dei negozi erano state completamente distrutte, molti locali dati alle fiamme e sui muri erano state dipinte decine di stelle di Davide con la scritta "Achtung Juden". Qualcuno provò a chiamare i vigili del fuoco e la polizia, inutilmente. Nessuno venne mai in nostro soccorso e gli incendi si spensero solamente quando non ci fu più nulla di combustibile.

Il mattino seguente, mentre i proprietari cercavano di mettere in salvo quel poco che rimaneva e la gente guardava attonita quello spettacolo, comparvero gruppi di SA e di SS che si piazzarono davanti ai negozi – o meglio, a quel che ne restava – per impedire, a chi ne avesse avuto l'intenzione, di entrare a far compere. Mio nonno perse tutto in quella notte e per la disperazione, dopo una settimana, lo trovammo impiccato nella cantina di casa nostra, dove nel frattempo era venuto ad abitare; fu una scena terribile, non dimenticherò mai il suo corpo che penzolava, privo di vita».

La voce di Bernhard, rotta dall'emozione, si fermò per un attimo, dando la possibilità a Mikela di intervenire.

«La notte dei cristalli dev'essere stata proprio un'esperienza terribile, vero nonno?» disse la ragazza che nel frattempo, tirato fuori dalla borsetta nera che portava a tracolla un piccolo fazzoletto di cotone bianco, si affrettò ad asciugare una lacrima che scendeva veloce lungo la guancia del nonno.

* * *

Camminare non era mai stato un problema per Hans; da giovane percorreva oltre cinque chilometri al giorno per andare e tornare da Bogenhausen fino in centro città. Sua madre lavorava come cuoca alla Paulaner Bräuhaus e lui, visto che in casa non giravano molti soldi, ne approfittava per andare a mangiare qualcosa nel retro del locale. Di solito i due si appartavano in un piccolo ripostiglio nel quale avevano sistemato, a mo' di seggiole, due vecchie cassette di legno di quelle usate per trasportare frutta e verdura. Non avendo nulla che somigliasse a un tavolo, poggiavano il piatto sulle ginocchia e consumavano il loro pasto condividendo quel momento così intimo e personale senza quasi parlare, lanciandosi sguardi così profondi e pieni d'amore da rendere superflua qualsiasi parola.

A Hans, come detto, piaceva molto camminare ma di certo quel giorno la sua resistenza venne messa a dura prova dalla lunga passeggiata ideata da Andreas. Da Rosenheimerstrasse, infatti, nonno e nipote si diressero verso la Briennerstrasse, quasi all'altro capo della città, dove i ricordi dell'anziano tornarono prontamente a trasformarsi in un piacevole racconto di vita vissuta.

«Penso di sapere perché mi hai portato fin qui, Andreas» disse l'uomo. «Ricordo ancora quella notte del 30 giugno, la ricordo come fosse ieri. Alle quattro venni svegliato dal mio amico Rudolph: "Hans, svegliati, scendi giù, dai sbrigati!" mi urlò dalla strada. Non capivo bene cosa stesse accadendo ma in pochi minuti mi ritrovai in strada insieme ad altre decine di giovani.»

«Dove stavate andando nonno? Stavate vendendo per caso qui?» chiese Andreas.

«Sì, stavamo venendo proprio qui. Pochi minuti prima, Hitler era giunto all'aeroporto e ora si trovava dentro la sede del partito, la famosa "casa bruna". Quando arrivammo, la strada era piena di camion carichi di SS armate fino ai denti. Pochi istanti dopo Hitler uscì dalla sede del partito, si infilò in un'enorme Mercedes – una così grande e bella non l'avevo mai vista prima – e alla testa di una colonna di mezzi militari imboccò la strada che porta fuori città.»

«Quando capiste cosa stava accadendo nonno?»

«In realtà, Andreas, non lo capimmo mai fino in fondo, se non dopo molti anni dalla fine della guerra. La sera di quel 30 giugno cominciarono a circolare voci sul tentativo di colpo di stato preparato da Ernst Röhm e dalle sue SA e su come il Führer, grazie all'aiuto delle SS, fosse riuscito a stroncare sul nascere quel tentativo. Venne detto che a Bad Wiesee, dove Rohm e molti capi delle SA si trovavano in vacanza, il Führer aveva avuto modo di constatare la depravazione che regnava all'interno delle SA. Vennero dette tante cose e noi ci credemmo, a noi bastava così; la nostra coscienza era a posto, volevamo credere che fosse così. La nostra fiducia nel Führer era talmente grande che qualsiasi cosa ci avesse detto noi gli avremmo creduto. E poi, sai, molti di noi erano esasperati dalle continue violenze delle squadracce di Röhm e in molti pensavano che una bella lezione era proprio quello che ci voleva, che dopo le cose sarebbero cambiate e l'ordine, quello vero, quello legale, sarebbe stato ristabilito.»

«E invece nonno?»

«E invece, caro mio, l'ordine non venne ristabilito, e le violenze continuarono; fatte da altri, con uniformi di un colore differente, ma con la stessa medesima ferocia. Solo che ora, per così dire, era tutto un po' più legale; ora che i conti interni erano stati regolati, i vincitori si sentivano in diritto di fare qualsiasi cosa passasse loro per la testa, certi che nessuno avrebbe osato opporvisi, e in effetti così avvenne. La notte dei lunghi coltelli aveva sortito gli effetti sperati da chi l'aveva ideata e organizzata.»

* * *

«Sai nonno, ogni volta che mi trovo in questa piazza provo una grande emozione; sarà la sua vastità, o magari la bellezza di questi edifici che la circondano, fatto sta che secondo me è una delle più belle piazze di Monaco.»

«Eh già» sorrise Bernhard, «in effetti la Odeonsplatz è sempre piaciuta molto anche a me. Venivamo spesso a passeggiare qui con tua nonna.»

In piedi in mezzo alla piazza, con la Feldernhalle davanti, la Theatinenkirche a destra e la Residenz a sinistra, nonno e nipote ammiravano quello spettacolo assaporando un gelato nocciola e cioccolato appena acquistato al vicino Caffè Tambosi.

«Questi edifici hanno ognuno una storia che meriterebbe di essere raccontata, vero nonno?» disse a un tratto Mikela.

«Hai detto bene, ognuno di essi è stato testimone di un pezzo di storia della città e del mondo, basti pensare che questa meravigliosa loggia della Feldernhalle, copiata pari pari dalla Loggia dei Lanzi di Firenze, vide gli albori del movimento nazionalsocialista tedesco.»

«Davvero?» esclamò sorpresa Mikela. «Raccontami nonno, dai.»

«Vedi Miki, quando Hitler e i suoi seguaci decisero che era venuto il momento di prendere le redini del paese, nel 1923, pensarono bene di cominciare con la conquista della Baviera. Organizzarono una specie di putsch, un colpo di stato, ma gestirono la cosa in maniera così dilettantesca che già al mattino seguente, dopo poche ore, si capiva benissimo che la cosa non avrebbe avuto alcun successo. Nonostante tutto, la mattina del nove novembre, Hitler e il generale Ludendorff, un eroe della Prima guerra mondiale, alla testa di qualche centinaio di facinorosi presero a marciare lungo la Ludwigstrasse con l'intenzione di arrivare al Ministero della Guerra, in centro città. Quando giunsero in questa piazza si trovarono però di fronte la polizia bavarese che aprì il fuoco uccidendo quattordici nazisti. Hitler fuggì e venne ritrovato solo alcuni giorni più tardi, nascosto in casa di un compagno di partito, ma quei quattordici morti divennero, nella perversa ideologia nazista, quattordici martiri. Quando, una decina di anni dopo, i nazisti arrivarono, finalmente per loro, al potere, stabilirono che quei morti venissero commemorati ogni anno con una cerimonia tetra quanto ridicola, che si teneva proprio qui, nella Feldernhalle. La bandiera usata dai nazisti in quel giorno del 1923, la *Blutfahne*, intrisa del sangue delle vittime, venne considerata sacra, tanto da venir usata per consacrare tutte le altre bandiere naziste del Reich negli anni seguenti. Insomma, capisci bene che si trattava di cerimonie propagandistiche che avevano come unico scopo quello di distrarre l'opinione pubblica dalle atrocità commesse dal regime, mascherandole dietro ad assurde manifestazioni esteriori.»

«Che storia, nonno. Peccato che questo posto così meraviglioso debba conservare anche il ricordo di eventi tanto tragici per questa città.»

«Già, purtroppo la stupidità dell'uomo non si arresta davanti a nulla, men che meno davanti a queste bellezze artistiche che andrebbero solo ammirate e non usate per sporchi e spregevoli fini politici. Ma vieni, Miki, entriamo all'Hofgarten e sediamoci un po' all'ombra di qualche albero, comincio a essere un po' stanco.»

Oltrepassato un varco lungo il muro di cinta della Residenz, i due si incamminarono all'interno del vicino parco, alla ricerca di una panchina ombreggiata dove riposarsi.

* * *

«Nonno, ti va un caffè?» chiese Andreas.

«Certo, però offro io, ok?»

Andreas non oppose resistenza a quell'offerta anche perché, a onor del vero, non aveva un centesimo in tasca. «Però il locale lo scelgo io» replicò prontamente. «Visto che ci troviamo in zona che ne dici del Caffè Tambosi? Fanno il caffè più buono di Monaco e hanno anche dei dolci fantastici». I due entrarono nel locale e salirono le scale per andarsi ad accomodare nei comodi divani posti al secondo piano, con vista sulla Odeonsplatz, a quell'ora del pomeriggio affollata di gente.

La cameriera portò i due caffè accompagnati da un piatto colmo di pasticcini di tutti i tipi, alcuni dei quali fatti con la pasta di mandorle, i preferiti di Hans.

«Vacci piano nonno, ricordati dei tuoi problemi di salute» disse Andreas.

L'uomo aveva già preso in mano il terzo pasticcino quando le parole del nipote gli fecero ricordare che da qualche mese le analisi avevano rivelato una forma iniziale di diabete, per cui il medico era stato abbastanza chiaro con lui: pochi dolci, meglio niente. Ma Hans era troppo goloso e, facendo finta di non aver sentito Andreas, infilò in bocca il pasticcino così rapidamente da farlo sparire quasi come in un gioco di prestigio.

«Uhm, buono questo caffè, non ero mai stato qui» disse rivolto al nipote ma evitando accuratamente di incrociare il suo sguardo, sentendosi ancora in colpa per quei tre biscotti mangiati con tanta avidità.

«Non eri mai stato in questo caffè ma conosci bene questa piazza, vero nonno?»

A quelle parole, i lineamenti del volto di Hans si indurirono, le rughe intorno agli occhi e sulla fronte divennero più profonde, le labbra si serrarono. L'uomo socchiuse gli occhi poi, quasi come in trance, iniziò a raccontare.

«La guerra era ormai persa, tutti lo sapevano, ma per alcuni il lavoro non era ancora finito, anzi forse per loro non era neanche cominciato. Parlo del lavoro sporco, di quello che, solo a pensarci, ti fa vergognare; ma non a tutti faceva questo effetto, per molti era l'unico, vero scopo della guerra.»

Mentre parlava, Hans stringeva con forza le mani sui braccioli del divanetto in velluto rosso dove era seduto e più andava avanti con il racconto, più la presa si faceva stretta.

«Eravamo seduti là in fondo, vedi» e così dicendo indicò al nipote il lato sinistro della Feldernhalle, «quando cominciò a circolare la notizia che a Wannsee aveva avuto luogo una riunione ad alto livello per decidere il futuro della guerra. In realtà non era della guerra che si parlava in quella riunione – come ti ho già detto era chiaro a tutti che le cose si stavano mettendo male – bensì si discuteva della sorte di milioni di persone: si discuteva di cosa fare degli ebrei, di quelli già richiusi nei campi di sterminio ma anche dei milioni ancora liberi.»

Dopo aver sorseggiato le ultime gocce di caffè, Hans riprese il racconto: «Nelle settimane e nei mesi seguenti cominciarono ad accadere cose strane; voglio dire, erano sempre accadute ma in forma minore, o forse eravamo noi a far finta che fosse così. Beh, insomma, dopo Wannsee era chiaro che quelli che venivano pomposamente chiamati "campi di lavoro e rieducazione" non erano altro che dei lager e tutti quegli ebrei che dall'oggi al domani sparivano dalla circolazione non venivano certo esiliati in qualche esotico paese lontano, bensì finivano proprio lì, in quei campi. E poi c'erano i racconti dei soldati, quelli veri intendo, quelli che, nonostante il giuramento di fedeltà fatto a Hitler, avevano ancora una coscienza con la quale fare i conti: soldati e ufficiali della Wermacht che quando tornavano a casa in licenza raccontavano cose orribili, crimini atroci commessi dalle SS, commessi dai nazisti».

Andreas si accorse che il nonno era sconvolto da quei ricordi; faceva fatica a respirare, grumi bianchi di saliva si addensavano agli angoli della bocca, la fronte era madida di sudore. Aveva quasi deciso di chiedergli di smettere quando l'uomo si voltò verso di lui e riprese a parlare.

«In quei giorni, Andreas, fu proprio in quei giorni che per la prima volta provai vergogna di me stesso, di quello che ero stato fino ad allora, di quello in cui avevo creduto e per il quale avevo combattuto. Non era quello il paese che volevo, lo Stato che volevo, quello per il quale avevo sacrificato tante giornate passate in giro a distribuire volantini, quello per il quale mi ero azzuffato con gli avversari politici; mi sentivo complice di quei crimini, capisci? Ero complice di tutte le atrocità commesse da quei criminali. Anche se non ero stato io a commetterle materialmente, in qualche modo le avevo causate, favorite, coperte. Non credendo ai primi racconti che qualcuno faceva circolare, le avevo, in un certo qual senso, legittimate.»

«E cosa successe poi?» mormorò il ragazzo quasi intimorito dal racconto del nonno.

«Ebbi paura. Sì, Andreas, ebbi paura perché, dopo aver preso coscienza di quell'orrore, capì che non potevo più far parte di quel sistema, anzi dovevo fare di tutto per combatterlo e distruggerlo. Pensai di fuggire, nascondermi tra i boschi delle Alpi bavaresi e passare alla resistenza. Ma in casa ero l'unica fonte di reddito – se così si può chiamare la miseria che riuscivo a mettere insieme facendo i mestieri più umili – mio padre era morto in guerra e mia madre, vedova, non poteva più lavorare a causa delle ferite riportate durante uno dei tanti bombardamenti che colpirono Monaco. La sua gamba destra era stata maciullata da una granata, così trascorreva le sue giornate tra il letto e una seggiola di paglia che avevamo trovato in mezzo a un cumulo di macerie in Wilhelmstrasse.»

«Allora non ti unisti alla resistenza?»

«No figliolo, non ebbi il coraggio di lasciare mia madre, però, nel mio piccolo, cominciai a sabotare le attività del partito. Ero bravino con le apparecchiature radio, così tutte le volte che potevo, quando trasmettevano i discorsi di Hitler, con uno stratagemma riuscivo a disturbare le frequenze radio ufficiali e a fare in modo che in mezza città non arrivassero le parole del Führer. I gerarchi locali impazzivano ma, nonostante tutto, non mi scoprirono mai. Ecco – pensavo – in questo modo posso dare un contributo alla lotta di resistenza, o almeno mi illudevo di farlo. Non so realmente se quell'escamotage sia servito a qualcosa ma mi piace pensare di sì, mi piace sperare di sì!»

«Ecco il conto, signori». La voce della cameriera sorprese i due uomini che, talmente presi dal racconto, a quelle parole sobbalzarono entrambi.

«Vieni nonno, andiamo a fare due passi all'Hofgarten, ci farà sicuramene bene e poi tu devi smaltire quei tra pasticcini alla pasta di mandorle.»

«Ah sì» fece l'uomo con aria indifferente, «certo, certo, devo smaltire i tre pasticcini» e scendendo le scale del Caffè Tambosi uscirono direttamente nel vicino parco.

«Ti ho visto molto interessato al mio racconto» disse Hans al nipote, «veramente molto interessato. Eri talmente preso che non ti saresti accorto di nient'altro ti fosse accaduto intorno, neanche se fosse avvenuto sotto i tuoi occhi». E così dicendo, portò la mano nella tasca destra della giacca, accarezzando i due pasticcini di mandorle che era riuscito a portar via dal vassoio senza che il giovane lo vedesse.

«Tranquillo nonno, ero molto interessato sì, ma niente poteva sfuggirmi, credimi.»

«Oh certo, certo Andreas, anzi scusami se ho potuto dubitare della tua attenzione!»

* * *

«Vieni nonno, sediamoci su quella panchina» disse Andreas indicandone una sistemata all'ombra di un grosso platano.

«L'hai scelta per l'ombra quella panchina o per quella bella ragazza bionda seduta in quella di fronte?»

Hans aveva colpito nel segno e lo capì dal colore paonazzo che immediatamente assunsero le guance del nipote.

«No nonno, ehm... certo che no, non l'avevo neanche vista» cercò di farfugliare il ragazzo, preoccupato che a causa di quella evidente bugia il suo naso finisse con l'allungarsi come quello di Pinocchio.

Mikela e Bernhard erano seduti esattamente sulla panchina davanti a quella scelta da Andreas e quando i due uomini si sedettero la ragazza abbozzò un sorriso che infiammò ancora di più le guance del ragazzo.

«Buongiorno» disse prontamente Bernhard accennando ad alzarsi e sollevando leggermente il cappello con la mano destra. «Non c'è miglior posto che l'Hofgarten per godersi queste splendide giornate di fine estate, non trovate?»

«È proprio così» rispose Hans ricambiando il saluto, «se poi ci si trova in compagnia del proprio nipote» e qui allungò la mano verso il viso di Andreas assestandogli un buffetto tutt'altro che leggero, «la giornata è ancora migliore.»

«È proprio vero, i giovani sono i bastoni della nostra vecchiaia e il futuro di questo paese, non lo pensa anche lei?»

Hans si voltò prima verso Andreas per poi posare il suo sguardo sul volto di Mikela che nel frattempo aveva legato i suoi lunghi capelli biondi in una graziosa treccia che ricadeva sopra la spalla destra.

«Sì, i giovani sono proprio il futuro di questo paese a patto che sappiano far tesoro degli errori che noi vecchi abbiamo commesso ed evitare così di ripeterli» rispose.

«Certamente. E io credo proprio che i nostri ragazzi siano abbastanza svegli e intelligenti da capire che tutto quanto di brutto accaduto in passato non debba ripetersi mai più e questo anche grazie alle testimonianze che noi possiamo e dobbiamo fornir loro, visto che certi sbagli li abbiamo commessi e vissuti in prima persona. Anzi le dirò di più: a me pare proprio che questo mondo sia già migliorato grazie a loro. In giro vedo meno violenza, meno fanatismo, più amore. Anche questa città sembra migliore; più bella, più tranquilla e poi con queste Olimpiadi sembra tutto ancora più meraviglioso. Ha visto quanta bella gente in giro e quanta voglia di divertirsi e stare insieme in pace?»

«Sì» asserì Hans, «credo che lei abbia ragione. Ci stiamo avviando verso un mondo migliore e con meno violenza. Speriamo soltanto che continui così, anzi che vada sempre meglio.»

I due ragazzi, che non avevano osato intromettersi in quella conversazione, si scambiarono occhiate complici, accennando lievi sorrisi.

«Che strano» disse all'improvviso Bernhard, «da stamattina c'è stato un gran viavai di mezzi della polizia a sirene spiegate e ora anche questo elicottero che volteggia da diversi minuti sopra la città. Speriamo non sia accaduto nulla di grave».

«Ma no nonno – intervenne Mikela – non preoccuparti, non sarà sicuramente accaduto nulla; è che con questi giochi olimpici c'è un maggior controllo da parte delle forze dell'ordine. E poi l'hai detto anche tu poco fa: grazie a noi giovani il mondo oggi è un posto più bello e tranquillo, non è vero?» e così dicendo strizzò l'occhio verso Andreas che ricambiò prontamente quel gesto con un sorriso.

Le risate dei quattro coprirono per un attimo il rombo dell'elicottero che volteggiava sopra la città: era il 5 settembre del 1972 e, purtroppo, nonostante i buoni presentimenti di Bernhard, Monaco e il mondo intero stavano per scoprire che il fanatismo, la violenza e la morte, non erano affatto in procinto di scomparire dalla faccia della terra.

Una nuova vita

Il raggio di sole che a mezzogiorno penetrava da sud, riflettendosi sul tavolo di cristallo solitamente usato per le riunioni di staff, illuminava il volto dell'uomo che, con gli occhi socchiusi e le mani unite come fosse in preghiera, si dondolava sulla poltrona di pelle in un andirivieni che assomigliava ai movimenti sincopati con i quali le mamme tentano, spesso invano, di far addormentare i propri bambini.

«Architetto, c'è sua moglie sulla linea uno!»

La voce gracchiante della segretaria che usciva dall'interfono ebbe come unico effetto quello di far allungare la mano sinistra dell'uomo verso il piccolo cordless nero, marca Siemens, poggiato sull'angolo più vicino della scrivania di mogano rosso, senza che nessun altro muscolo del corpo si risvegliasse da quell'apparente torpore.

«Ciao Sabine, cosa c'è?»

«Ciao caro, scusami ma vado di fretta, ho un appuntamento con un cliente a Stadelheim e sono già in ritardo. Volevo solo ricordarti che oggi è venerdì e stasera abbiamo il solito appuntamento a casa dei Klotz. Mi raccomando cerca di essere puntuale, non come la scorsa settimana, ok? Ci vediamo direttamente lì alle venti. Un bacio. Ciao.»

Il pollice di Mathias si mosse meccanicamente alla ricerca del tasto per chiudere la comunicazione dopodiché, rimesso a posto il cordless sulla base di ricarica, tutto tornò esattamente come prima, quasi che quella telefonata non ci fosse mai stata.

Era venerdì, certo, come dimenticarlo? E come ogni venerdì, da almeno un paio d'anni, i signori Klotz aprivano le porte della loro villa immersa nel verde agli amici più intimi, un appuntamento mondano al quale per nulla al mondo Sabine avrebbe rinunciato. Suo marito questo lo sapeva bene, come sapeva bene quanto ci tenesse sua moglie ad arrivare in anticipo rispetto agli altri commensali, semplicemente per avere la possibilità di scambiare quattro chiacchiere in privato con la padrona di casa, cosa che diventava impossibile non appena cominciava l'afflusso degli altri invitati. Le cene, infatti, anche se venivano spacciate per piccole riunioni tra amici, erano in realtà occasione d'incontro per decine di persone della Monaco bene e gli ospiti erano così numerosi che era impensabile per la signora Klotz intrattenersi per poco più di qualche minuto con ognuno di loro.

L'ultima volta Mathias, che si era completamente dimenticato dell'appuntamento, era giunto a casa Klotz con quasi due ore di ritardo, proprio nel momento esatto in cui ai commensali veniva servita una bavarese ai lamponi, degna conclusione di una cena sopraffina.

Farfugliando alcune scuse l'uomo si era affrettato a prendere posto vicino alla moglie che, per ripicca, non l'aveva degnato di uno sguardo preferendo, per l'intera serata, la compagnia di padre Marcus Karsten, influente prelato dell'arcidiocesi bavarese nonché ospite fisso di tutti i salotti della città.

Quel venerdì, quindi, l'imperativo era «non tardare neanche un minuto», per cui Mathias, che non aveva impegni di lavoro fissati per il pomeriggio, alle quattro salutò la signorina Klapp, sua segretaria da ormai vent'anni, dirigendosi a piedi verso Odeonsplatz da dove, con la linea U6 della metro, raggiunse la fermata Universität e, da lì, la sua abitazione.

* * *

Come al solito – così pensava Mathias mentre seduto in metro si dirigeva verso l'ufficio, il mattino seguente – la serata a casa Klotz era stata di una noia mortale.

Tutta quella gente non si incontrava di certo ogni settimana per il semplice piacere di stare insieme, bensì per dimostrare ancora una volta – ma a chi non era dato saperlo, o almeno lui non lo capiva – che il semplice fatto di esserci voleva dire far parte della Monaco che conta, di quell'élite della quale, al contrario di quanto non accadesse a lui, tutti bramavano di far parte.

"Bah, meglio fare quattro passi" pensò. E così, invece che alla solita fermata, decise di proseguire fino a Sendlinger Tor, dove scese, per poi incamminarsi lungo Kreuzstrasse verso il suo studio.

Soffermandosi per un istante ad ammirare la grande targa di ottone posta alla destra del portone d'ingresso dell'edificio che si affacciava su Promenadeplatz, Mathias non poté fare a meno di sentire un fremito d'orgoglio. "Dott. Arch. Mathias Sabelli" c'era scritto e l'uomo sapeva bene quanto sacrificio fosse 'costata' quella targa.

Figlio di un emigrante italiano e di una tedesca, da sempre in lotta contro chi lo considerava un *Ausländer*, Mathias aveva portato a termine, non senza difficoltà, il corso di laurea in architettura presso l'università di Monaco, mantenendosi agli studi facendo il cameriere presso la Hofbräuhaus, la birreria più famosa della città. Finito il proprio turno di servizio, generalmente intorno alle undici della sera, Mathias tornava a casa dove lo aspettavano almeno altre due o tre ore di intenso studio; questo accadeva per sei giorni su sette, dodici mesi l'anno. Ottenuta la laurea a pieni voti, Mathias trovò immediatamente lavoro presso lo studio di architettura Strobl e Heinz, uno dei più esclusivi della città. Certo, anche qui gli inizi furono piuttosto complicati; a ventiquattro anni, fresco di laurea e con nessuna esperienza lavorativa nel settore, il suo compito era quello di recarsi presso i clienti per effettuare i sopralluoghi preliminari, propedeutici alla stesura del progetto che spettava in ogni caso sempre a uno dei tanti architetti e ingegneri dello studio, forti di una maggiore anzianità lavorativa.

Nonostante ciò Mathias amava il suo lavoro e il fatto di essere utilizzato principalmente per fare rilievi metrici non lo preoccupava più di tanto, consapevole che quella gavetta era necessaria alla sua crescita professionale ed umana. Inoltre il ragazzo aveva preso l'abitudine, una volta tornato a casa, di sedersi al suo tecnigrafo ed elaborare di propria iniziativa progetti di lavoro sulla base dei sopralluoghi fatti, una sorta di lavoro 'ombra' che correva parallelo a quello ufficiale portato avanti dallo studio e che gli dava la possibilità di confrontare le sue soluzioni progettuali con quelle dei colleghi più anziani.

Un mattino di marzo del 1990 si ritrovò a suonare al portone di una bella villetta a due piani situata in Prinzenstrasse; la proprietaria, la signora Koller, aveva dato incarico allo studio Strobl e Heinz di progettare la ristrutturazione completa dell'edificio anche per ricavare un piccolo spazio da adibire a orto nel giardino retrostante. Mathias, come al solito, trascorse l'intera mattinata a effettuare scrupolosi e precisi rilievi dopodiché, una volta consegnati i carteggi in ufficio, decise di tornare a casa in anticipo e mettersi subito al lavoro; in quel progetto c'era qualcosa di affascinante, qualcosa che stuzzicava la sua fantasia e il suo interesse e, anche se non capiva il motivo, sentiva che doveva impegnarsi al massimo, come se quel progetto fosse stato affidato a lui. Nel giro di un paio di settimane, con discreto anticipo sui tempi previsti dallo studio, il 'suo' progetto era pronto: le soluzioni scelte erano, a dire il vero, molto ardite ma questo gli aveva permesso di recuperare il doppio dello spazio inizialmente previsto per la realizzazione dell'orto. Il 16 maggio la signora Koller si presentò allo studio per prendere visione del progetto ufficiale. Mathias quel giorno non aveva impegni, per cui chiese e ottenne il permesso da uno dei titolari di prender parte alla riunione.

L'architetto Strobl in persona si incaricò di illustrare il progetto alla signora Koller, magnificando il lavoro svolto, le soluzioni adottate e il risultato finale. La donna restò in silenzio per tutto il tempo, con i piccoli occhi azzurri che scrutavano ora il volto dell'architetto ora il planning del progetto, senza lasciar trasparire alcuna emozione. Quando Strobl ebbe finito di parlare, Frau Koller prese la parola, gelando i presenti: «Grazie architetto. Il lavoro fatto è stato encomiabile. Peccato che non sia esattamente quello che avevo chiesto. Mi mandi pure la parcella a casa e provvederò a saldare quanto dovuto. Mi dispiace non poter dare seguito al lavoro. Sarà per la prossima volta. Grazie ancora. Buongiorno a tutti». E in men che non si dica uscì dallo studio lasciando i presenti di sasso.

Mathias, che non aveva mai partecipato a incontri con i clienti, fu il meno scioccato di tutti e, di conseguenza, il primo a riprendersi da quello stato di impasse che aveva colpito gli altri.

«Ma chi è questa donna?» chiese all'orecchio di Jürgen, il suo collega di stanza.

L'uomo lo guardò come se gli avessero domandato chi fosse Gesù Cristo, poi rispose: «Angela Koller? Chi è Angela Koller? Mio caro, Angela Koller è una delle donne più potenti della Baviera, l'erede della famosa dinastia Koller, proprietari dell'omonima casa farmaceutica. Ha un patrimonio personale stimato in almeno cento milioni di marchi e ricopre una serie di incarichi che si fatica a ricordarli tutti, tanti sono. Pensa che è anche nel direttivo della Bundesbank, anzi c'è chi mormora che conti più lei che il presidente. È una importante, insomma, e penso tu l'abbia capito da come ha trattato Strobl».

Effettivamente Mathias era rimasto colpito da quella donna e dal suo comportamento ma, a differenza degli altri, in maniera positiva; si capiva subito che sapeva quel che voleva e non si era fatta scrupolo di dirlo in maniera esplicita.

Dopo cena, disteso nel suo letto, l'uomo non poteva fare a meno di ripensare alla scena vista al mattino ma anche al fatto che quella donna, almeno così gli sembrava di aver capito, aveva in mente qualcosa di diverso per la sua casa, qualcosa che, se non era esattamente quello che aveva realizzato lui, gli si avvicinava molto. Quella sera Mathias fece fatica a prendere sonno a causa di un'idea strana che gli continuava a frullare per la testa: andare dalla signora Koller e presentarle il suo progetto.

* * *

«L'architetto Strobl è a conoscenza di questo suo progetto?». La domanda della signora Koller arrivò diretta, senza tanti giri di parole. Mathias, che a causa dell'emozione aveva la bocca completamente secca, provò a farsi coraggio e a rispondere, cercando di non mostrare la forte tensione che lo avvolgeva.

«No, nessuno conosce questo progetto». Avrebbe voluto dire molto di più ma le parole non gli uscirono di bocca.

«Ottimo, non vorrei causare gelosie professionali. Quando possiamo dare inizio ai lavori?»

A quella nuova domanda Mathias, che già viaggiava su livelli di tachicardia prossimi al ricovero, dovette appoggiarsi al tavolo di noce rotondo per evitare di finire lungo disteso.

«Si sente bene giovanotto?» chiese la donna impressionata dal colore ceruleo che aveva assunto il volto del giovane.

«Come? Oh sì, grazie, è che stamattina non ho fatto colazione e forse ho avuto un calo di zuccheri. Comunque ora è tutto a posto, grazie». La pietosa bugia inventata su due piedi ebbe come unico effetto quello di far inarcare leggermente le labbra alla donna in un accenno di sorriso che la resero, per la prima volta agli occhi dell'uomo, quasi umana.

Dopo una settimana, comunque, Mathias era al lavoro nel cantiere di casa Koller a dirigere, per la prima volta in vita sua, un gruppo di operai che aveva come compito principale quello di mettere in pratica le sue idee architettoniche; anche se lui non lo immaginava ancora, quel progetto all'apparenza così ardito stava per trasformarsi nel trampolino di lancio della sua carriera professionale.

* * *

«Buonasera eminenza, permette che le presenti l'architetto Sabelli, l'autore del progetto di ristrutturazione?». L'aria frizzante di una magnifica serata di inizio autunno accompagnava la cena offerta dalla signora Koller nel giardino della sua villa, fresca di restauro. A Mathias sembrava che tutta Monaco quella sera si fosse data appuntamento lì; c'era l'arcivescovo Wetter appena tornato da Roma, il presidente del Bayern Monaco, Scherer, con mezza squadra al seguito e una serie di personaggi del mondo economico-finanziario-industriale della capitale bavarese, tutti riuniti insieme a testimoniare il potere rappresentato dalla donna. Per tutta la serata l'uomo era stato al centro dell'attenzione, con la padrona di casa che l'aveva presentato a tutti gli invitati magnificando i lavori svolti e le soluzioni scelte da quel giovane, sconosciuto architetto.

«Complimenti architetto, veramente un bel lavoro. Senta, che ne direbbe di venirmi a trovare nel fine settimana? Ho una piccola casa su a Garmish che avrebbe veramente bisogno di una bella sistemata e credo proprio che lei sia la persona giusta per farlo.»

Smettendo per un attimo di masticare una piccola tartina al caviale che era riuscito ad afferrare al volo passando davanti al tavolo del buffet, Mathias si voltò verso l'uomo con il quale da alcuni minuti passeggiava in lungo e in largo per il giardino della villa e che lo teneva sottobraccio quasi a non volerselo far rubare da qualche altro ospite.

«Ehm, la ringrazio. Veramente sabato dovrei essere fuori città per un impegno di lavoro. Mi faccia controllare se posso liberarmi e poi domani le farò sapere.»

«Oh certo, naturalmente, immagino che i suoi impegni siano molti» disse l'uomo fingendo di credere a quella che era una palese invenzione, «in ogni caso mi faccia sapere. Ecco il biglietto da visita con i miei recapiti» disse l'uomo infilando il piccolo biglietto nel taschino destro della giacca di Mathias, «mi chiami pure quando vuole.»

«Complimenti giovanotto, molti suoi colleghi più anziani farebbero carte false per ricevere un invito del genere» disse la signora Koller porgendo al giovane una flûte di champagne, ghiacciato al punto giusto.

«Veramente?» rispose questi, pentendosi subito per quella laconica risposta, l'unica che gli era uscita di bocca in quel momento. «E perché?» aggiunse, peggiorando ancor più la situazione.

«Perché?» ribatté la donna. «Ma dico, lo sa chi è che l'ha appena invitato nella sua "piccola" casa di circa quattrocento metri quadri a Garmisch? Si dà il caso che quell'uomo sia Gabriele Quandt; le dice nulla questo nome?»

La bocca dell'uomo rimase aperta per lunghi, interminabili secondi in un'espressione di meraviglia che si interruppe solamente quando un piccolo insetto, approfittando delle fauci ancora spalancate dell'uomo, pensò bene di infilarcisi dentro fino ad arrivare in gola, provocando a Mathias un violento e stizzito attacco di tosse.

«Gabriele Quandt? Quel Gabriele Quandt? Il...»

«Il proprietario della BMW? Sì, proprio lui» concluse la frase la signora Koller, «e io, fossi in lei, annullerei tutti gli altri impegni presi per il week-end, ammesso che ne abbia davvero, e mi preparerei a trascorrere un fine settimana in montagna» proseguì sibillina la donna.

«Io... io non lo so, beh insomma, intendo dire... non so se sono all'altezza di...»

«Suvvia ragazzo mio. Di occasioni così ne capitano poche nella vita e lei vorrebbe rinunciare? Non si preoccupi, il signor Quandt è un tipo molto affabile e la metterà a suo agio in tutto e per tutto. Certo, non vorrà mica presentarsi a Garmisch con quel suo vecchio macinino? Ma a questo possiamo rimediare facilmente. Si dà il caso che io non abbia bisogno della mia auto per il fine settimana e, se lei vuole, gliela presto volentieri.»

Il sabato seguente, di buon'ora, Mathias caricò il suo borsone da viaggio nel portabagagli di una spider BMW nera tirata a lucido per l'occasione e imboccò l'autostrada A95, in direzione Garmisch, per intraprendere il primo viaggio della sua nuova vita da *archistar*.

***

Questi flash sugli inizi della carriera passarono velocemente davanti agli occhi dell'uomo, ancora intento ad ammirare la targa ottonata indicante il suo studio tecnico. Eh sì, di strada ne aveva fatta molta e, dopo quello di Garmisch, tanti altri lavori gli erano stati commissionati da esponenti della borghesia monacense tanto che, nel giro di un paio d'anni, il suo nome era diventato quello più gettonato tra i giovani architetti bavaresi, sicuramente quello meglio inserito negli ambienti che contano. La signora Koller, buon'anima, non aveva mai smesso di fare proseliti fin quando la salute e l'età glielo avevano consentito e grazie a quell'ala protettrice gli affari di Mathias erano decollati a grande velocità.

Ora, dopo trent'anni di lavoro, era ricco e famoso ben oltre quello che avrebbe mai osato sperare e questo gli consentiva il lusso di scegliere quali lavori accettare tra i tanti che gli venivano proposti ogni anno. Viveva a Schwabing, quartiere centrale di Monaco, in un attico di oltre duecento metri quadri, ma nei fine settimana e in estate amava trasferirsi nella casa sul lago di Starneberg, acquistata con i soldi guadagnati con il lavoro di restauro degli appartamenti del villaggio olimpico; sua moglie avrebbe preferito una bella villa in una località più chic ma quella piccola casa a un piano, con un giardino lungo e stretto che dava accesso direttamente alle rive del lago, aveva colpito Mathias fin dalla prima volta che l'aveva vista, durante una passeggiata il giorno di Pasquetta di qualche anno prima. Sabine non aveva mai accettato fino in fondo l'acquisto della casa al lago tanto che, molto spesso, lasciava che il marito vi si recasse da solo, preferendo restarsene a Monaco insieme ai due figli.

"Sarà meglio che salga" pensò l'uomo ancora inchiodato fuori dal portone del palazzo, "o la signorina Klapp crederà che mi sia successo qualcosa". In effetti non succedeva spesso che Mathias tardasse al lavoro, anzi a essere sinceri non accadeva praticamente mai anche perché, in casa, era sempre il primo ad alzarsi, spesso prima che il sole avesse fatto capolino all'orizzonte, per cui alle nove in punto si trovava già seduto alla sua scrivania pronto per una nuova giornata di lavoro.

Quella mattina la sosta davanti al portone e i ricordi che gli avevano attraversato la mente gli avevano fatto perdere per qualche minuto la cognizione del tempo per cui quando, con qualche minuto di ritardo, aprì la porta dello studio, non poté fare a meno di sorbirsi la ramanzina della sua iper protettiva segretaria: «Buongiorno architetto, finalmente. Stavo cominciando a preoccuparmi. È successo qualcosa?».

«No, nulla, non si preoccupi signorina Klapp. Non ho sentito la sveglia stamattina, per questo ho ritardato. Novità?»

Quello di chiedere se ci fossero novità era il refrain di inizio giornata e per Mathias voleva dire tutto. Domandare se c'erano delle novità era un modo per chiedere alla sua segretaria un breve riassunto di tutto quanto accaduto in ufficio dal momento della sua partenza il giorno precedente, fino al suo arrivo in ufficio quello successivo. La signorina Klapp, ormai avvezza a quella domanda, era solita prepararsi un breve promemoria così che, in pochi minuti, il suo principale potesse avere un quadro ben definito dello stato dei lavori in corso di svolgimento.

«Ah, architetto, dimenticavo: ha chiamato sua moglie e mi ha chiesto di ricordarle la cena di questa sera. In ogni caso la richiamerà non appena scesa dall'aereo che la sta portando a Stoccarda.»

Entrato in ufficio l'uomo appoggiò la sua ventiquattr'ore a terra e poi si accomodò sulla sedia Poang Ikea color crema che tanto amava. Se, fino a qualche istante prima, quella iniziata da poche ora sembrava una magnifica giornata, quel promemoria vocale della sua segretaria sulla cena prevista in serata, ebbe sull'uomo l'effetto di un frontale con un TGV lanciato a tutta velocità. Aveva completamente dimenticato che quella sera Sabine aveva organizzato una cena a casa loro, per festeggiare la promozione di Johannes. L'aveva dimenticato anche perché da quell'evento erano trascorsi circa quattro mesi per cui, come Mathias aveva più volte cercato di far comprendere alla moglie, non aveva più molto senso festeggiare qualcosa trascorso da così tanto tempo. Nonostante le rimostranze dell'uomo però, la donna era stata irremovibile e, con l'aiuto di Karolina, aveva preparato una cena a tema per circa cinquanta invitati, quasi nessuno dei quali, incredibilmente, conosceva il ragazzo. Quasi tutti, infatti, erano colleghi di lavoro della coppia e, ad eccezione di due o tre, nessuno degli altri aveva mai avuto occasione di conoscere Johannes se non quando questi era poco più che un lattante, il che rendeva la cena ancora più bizzarra di quanto già non fosse, anche e soprattutto per il tema scelto per la serata: cucina cinese.

«Speriamo che almeno finisca presto» pensò a voce alta l'uomo mentre, intento a scartare un cioccolatino ripieno allo cherry, rifletteva sull'ennesima serata mondana alla quale era chiamato, suo malgrado, a partecipare.

* * *

«Allora, come ti è sembrata la cena di ieri sera?»

Voltando la testa verso il padre, Johannes inarcò le labbra verso il basso in una smorfia che da sola valeva più di cento parole, aggiungendo però, quasi a voler essere sicuro che la sua idea fosse compresa appieno dal genitore, una parola quanto mai esplicativa: *Langeweile*.

Noia! Era proprio questa la sensazione vissuta dal ragazzo durante tutta la serata. Una noia infinita, un disinteresse per tutto quanto stava accadendo che non era passato inosservato agli occhi del padre, attento scrutatore degli umori del figlio, infinitamente più di quanto non lo fosse la moglie, completamente presa nel suo ruolo di perfetta e inappuntabile padrona di casa.

«Sai, in confidenza, dopo l'aperitivo ho pensato seriamente di simulare un forte attacco di emicrania per congedarmi da tutti gli altri, poi però...»

«... la mamma ti avrebbe tolto il saluto per il resto dei tuoi giorni, vero?» concluse la frase Johannes.

Mathias scoppiò in una risata fragorosa, seguito a ruota dal figlio, seduto in auto accanto a lui.

«Ehi papà, senti, che ne dici se oggi pranziamo insieme? Quando finisco la mia ricerca in biblioteca posso passare in ufficio da te, se vuoi.»

«Mi sembra proprio una buona idea. Però evitiamo di andarci a richiudere in qualche locale. Con questa bella giornata potremmo andare all'Englischer Garten e mangiare qualcosa in un biergarten. Allora» continuò accostando l'auto davanti alla biblioteca, «ti aspetto alle tredici in ufficio da me. Anzi, sai cosa faccio? Disdico l'appuntamento che avevo in agenda oggi pomeriggio con la signora Schultz, così possiamo restare tutto il pomeriggio insieme, abbiamo così poco tempo per farlo, ultimamente!»

Johannes passò un braccio intorno al collo del padre abbracciandolo stretto e schioccandogli un bacio sulla guancia.

«Allora ciao papà, buon lavoro, ci vediamo oggi» e, chiuso lo sportello della macchina, si infilò velocemente in un nugolo di ragazzi tutti in attesa dell'apertura della biblioteca.

Mathias rimase qualche secondo immobile a fissare quel ragazzone di quasi vent'anni che scompariva dietro al pesante portone di legno dello stabile, ripensando all'infanzia del figlio, a quante volte lo aveva tenuto in braccio fino a tarda notte nella speranza, molto spesso vana, di farlo addormentare.

Gli venne spontaneo pensare, soltanto per un attimo, che per i suoi figli, ma soprattutto per Johannes, lui era stato una figura per così dire androgina, un padre e una madre messi insieme, quasi che fosse una sorta di 'ragazzo padre'. Sabine era sempre stata molto impegnata con la sua professione, una donna in carriera che aveva spesso sacrificato la famiglia sull'altare del dio lavoro mentre lui, rinunciando anche a qualche lauto compenso e ad altrettanti prestigiosi incarichi, aveva sempre preferito ritagliarsi una buona fetta della giornata da dedicare ai suoi figli. Karolina non aveva apprezzato più di tanto questa scelta paterna, o almeno non lo aveva mai lasciato trasparire apertamente, mentre Johannes ne era sempre stato immensamente contento, felice di poter avere un padre così presente nella sua vita, un padre su cui poter contare anche e soprattutto nei momenti meno belli della sua pur giovane esistenza.

«Mi scusi signore ma non può sostare qui davanti: o sposta la macchina o sarò costretta a multarla.»

La voce gentile ma decisa di una giovane agente di polizia riportò Mathias alla realtà e lo fece render conto che da alcuni minuti era in sosta esattamente sopra le strisce pedonali.

«Mi scusi agente, mi ero distratto. Me ne vado subito, mi scusi ancora» e, rimessa in moto l'auto, sfrecciò via verso il suo studio, con la testa al pomeriggio di libertà che lo attendeva di lì a poche ore in compagnia di Johannes.

* * *

«Ma come? Non avevi appuntamento con Frau Schultz nel pomeriggio?»

«Sì, ma l'ho disdetto stamattina. Non mi andava proprio di starmene rinchiuso in ufficio oggi. Sentissi come si sta bene qui al parco, dovresti venire anche tu.»

Sabine non rispose subito ma Mathias, conoscendola da oltre un ventennio, riusciva a immaginare perfettamente ciò che sua moglie stava pensando e che, inevitabilmente per il suo carattere, stava per dire.

«Venire io lì? Ma sei matto? Oggi ho una decina di appuntamenti in agenda, penso che non sarò a casa prima delle ventuno. Anzi, non lasciatemi nulla per cena, mangerò un panino al volo. Non ho proprio il tempo io di venire al parco e, secondo me, non dovresti averlo neanche tu. Da un po' di tempo trascuri troppo il tuo lavoro, finirai per regalare tutta la clientela ai tuoi concorrenti. Comunque ora ti saluto, sto scendendo in garage a prendere la macchina e il segnale del cellulare non arriva fin lì sotto. Salutami Johannes, a stasera.»

«Ti saluta tua madre» fece Mathias rivolto al figlio. «Mi sa che non ha approvato tanto la nostra scelta di vivere un pomeriggio alternativo, sai?»

«Non mi sembra una novità, papà. Quando mai la mamma ha rinunciato ai suoi clienti e ai suoi impegni per concedersi almeno mezza giornata di relax? Se mi dici una sola occasione in cui l'ha fatto giuro che ti cedo il würstel che ho ancora nel panino. Però sbrigati perché non credo che resterà intonso ancora per molto!»

Mathias non rispose, perché non c'era nulla da rispondere. Johannes aveva perfettamente ragione: Sabine non derogava mai ai suoi principi che al primo posto, ma anche al secondo, al terzo e così via, mettevano sempre e solo il lavoro. I suoi figli erano cresciuti e lei non aveva ricordi di quando erano bambini; mai una passeggiata al parco, mai un gelato insieme, mai una giornata in piscina, mai nulla. Prima di tutto e tutti veniva il lavoro, poi, se restava un po' di tempo, allora c'era la famiglia. Il guaio era che il lavoro assorbiva sempre più tempo, così la famiglia ne aveva sempre meno a disposizione, ma questo non sembrava preoccupare minimamente la donna.

«Che ci vuoi fare Johannes, la mamma è fatta così e, purtroppo per lei, non si rende conto di quante belle occasioni lascia fuggire senza far niente per trattenerle: peccato. Io voglio godermi ogni attimo della vita, a cominciare da questo, e penso proprio che per godermelo al massimo mi farò un bel pisolino all'ombra di questo magnifico tiglio» e si girò su un fianco, chiudendo gli occhi.

«Buon riposo papà, penso che farò anch'io un pisolino, però ricorda: questa è una quercia, non un tiglio» rispose Johannes, assestando una pacca sulla spalla del padre che, incredibilmente, era già sprofondato tra le braccia di Morfeo.

* * *

«Cosa? Lasciare lo studio per andare a fare il contadino in quella sperduta casa in riva a quello sperduto lago? Tu devi essere impazzito, caro mio. Ma ti rendi conto di quello che dici? Hai sgobbato anni per arrivare dove sei arrivato e ora cosa vorresti fare? Mollare tutto per trascorrere le tue giornate a mungere vacche dentro una stalla puzzolente, in mezzo a nugoli di insetti? O magari stare tutto il giorno chino a piantare e raccogliere rape e broccoli? Io... io non ci posso credere, ditemi che sto sognando! Karolina, amore, vieni presto, la tua mamma sta per svenire...». Terminata l'ultima sillaba la donna si lasciò cadere sulla poltrona di pelle color panna, posta alla destra del camino di marmo usato per riscaldare lo studio del marito nelle fredde serate invernali.

Mathias, che aveva assistito in piedi a tutta la scena, appoggiato allo stipite della porta-finestra che dava direttamente sul terrazzo, fissava la moglie che, assistita dalla figlia maggiore, era in preda a una crisi isterica in piena regola.

L'uomo, però, non sembrava affatto preoccupato anzi, sul suo volto era comparso un lieve sorriso mentre con l'indice della mano destra percorreva lentamente il bordo del bicchiere dal quale stava sorseggiando un succo di frutta alla mela, la sua bevanda preferita.

Aveva previsto tutto nella sua mente, anche quella 'scena madre' che ora sua moglie stava così bene interpretando; era per questo motivo che, nei mesi precedenti, aveva organizzato tutto in gran segreto, preparando quel giorno con meticolosità e pignoleria, senza lasciare nulla al caso.

In marzo aveva ceduto a un collega tutta la proprietà del suo studio di architettura, riservandosi una rendita mensile di duemila euro per dieci anni e una buonuscita di circa mezzo milione di euro, tutti soldi fatti confluire in un conto corrente aperto a nome suo e di Johannes.

In primavera aveva utilizzato parte del denaro per far costruire una piccola stalla presso la sua casa di campagna a Starnberg, acquistare una decina di vacche e un piccolo trattore usato, tutto all'insaputa della moglie e di Karolina che, ne era certo, non avrebbero mai avallato la scelta.

Giustificandosi con la facilità di raggiungere il monastero di Andechs, dove stava svolgendo alcuni lavori di ristrutturazione in realtà inesistenti, si era trasferito nella casa di campagna dalla fine di maggio, dando inizio, da quel momento, alla sua nuova vita da contadino. Johannes, che era al corrente di tutto, lo aveva raggiunto una settimana dopo, senza che sua madre avesse alcunché da obiettare.

Ora, a settembre, aveva deciso che era giunto il momento di dire tutto a sua moglie, mettendola di fronte al fatto compiuto senza darle, quindi, la possibilità di incidere su quella sua decisione.

Più di una volta Johannes gli aveva chiesto se ritenesse onesto quel suo modo di agire, quel nascondere tutto a tutti, e Mathias, che teneva sempre in gran conto le osservazioni del figlio, era stato in qualche caso tentato di rivelare tutto a Sabine. Poi, però, valutando a fondo la situazione, aveva sempre preferito soprassedere e quel giorno, davanti a quella scena, la convinzione di aver fatto la scelta giusta si rafforzò ulteriormente.

«Papà» disse Karolina, «possibile che non hai nulla da dire? Non vedi la mamma in che condizioni è ridotta?»

L'uomo, posato il bicchiere sul tavolo, si avvicinò alle due donne, per andarsi a sedere sul bracciolo di destra della poltrona.

«Cosa dovrei dire? Ho già detto tutto, mi sembra. Io e Johannes ci trasferiamo a vivere a Starnberg e i motivi mi sembrano chiari. Lui ha espresso la volontà, adesso che ha terminato gli studi, di mettere in pratica quello che ha imparato e tu sai» disse fissando negli occhi la figlia, «che tuo fratello ha studiato agraria, non giurisprudenza. Onde per cui, mi sembra lapalissiano, che mettere in pratica quello che conosce vuol dire avere a che fare con vacche puzzolenti e rape da piantare, come del resto ha espresso molto correttamente poc'anzi tua madre, con la sua proverbiale schiettezza. Io, da parte mia, ritengo doveroso, oltre che giusto, dargli una mano, sia economicamente che materialmente, così come tua madre» e qui lo sguardo si posò su Sabine, «e io abbiamo fatto e ancora stiamo facendo con te. Penso che il dovere di ogni genitore sia quello di aiutare in ugual misura tutti i figli, indipendentemente dalle possibili divergenze su quelle che sono le aspirazioni professionali e di vita.

«Sai Karolina, quando ero giovane la mia più grande aspirazione era quella di diventare pilota di aerei. Purtroppo i miei problemi di vista mi hanno precluso la possibilità di seguire questa strada, per cui quando è nato Johannes ho pensato subito che lui potesse riuscire a realizzare quel sogno che era stato mio. Ora, Johannes non è e non sarà mai un pilota d'aereo, sarà al massimo un contadino o un imprenditore agricolo, ma credi che per questo il mio amore per lui sia diminuito? No, il mio amore per lui, così come per te, è enorme e sempre lo sarà perché essere genitore non vuol dire fare dei nostri figli delle copie esatte di noi stessi, né spingerli a diventare quello che noi avremmo voluto essere. Essere genitore significa anche, e soprattutto, accettare le diversità dei nostri figli come un valore aggiunto, una risorsa, e aiutarli e supportarli nella realizzazione dei loro desideri, che quasi mai coincidono con i nostri, ma che, non per questo, devono essere un ostacolo nella vita di tutti noi. Tu diventerai un bravissimo avvocato, ne sono certo, e tuo fratello un ottimo agricoltore: tutti e due avete diritto di vivere la vostra vita mentre noi genitori abbiamo il dovere di starvi vicino nel miglior modo possibile.

«Ora tuo fratello ha bisogno di tutti noi e del nostro aiuto per intraprendere il cammino che ha in mente; io lo aiuterò a modo mio, chiedo soltanto a te e alla mamma di aiutarci entrambi in questa avventura senza farci pesare questa scelta oltre il lecito.»

Le parole del padre avevano sciolto il 'ghiaccio' che sembrava risiedere sempre nel cuore della giovane che ora, appoggiata la testa alla spalla del genitore, piangeva a dirotto come non faceva più da quando era bambina.

«Inoltre» proseguì Mathias, «Starnberg dista solo un'ora di auto da Monaco, non ci trasferiamo mica dall'altra parte del mondo. Una famiglia unita si vede nel momento del bisogno; si può vivere sotto lo stesso tetto ed essere come degli estranei così come si può vivere a migliaia di chilometri di distanza ed essere uniti come non mai, basta volerlo.

«Ora devo andare» disse baciando delicatamente la fronte di Karolina e sfiorando la mano di Sabine, «è quasi ora di mungere le mucche e Johannes non è ancora così pratico. Ci sentiamo domani.»

Karolina si avvicinò alla finestra che dava direttamente sulla Kaulbachstrasse e, scostata la tendina, osservò la macchina del padre allontanarsi verso la sua nuova vita.

* * *

«Johannes, sveglia, sono le cinque, è ora di alzarsi.»

Erano trascorsi quasi due anni da quando padre e figlio si erano trasferiti a Starnberg e, nonostante non avrebbe cambiato la nuova vita con la precedente per nulla al mondo, il giovane rimpiangeva ogni mattina il fatto di doversi alzare così presto, spesso prima che il sole avesse fatto capolino all'orizzonte; per un dormiglione come lui quello era il sacrificio più grande da compiere.

La piccola azienda agricola era ormai diventata una solida realtà e non si poteva più, di certo, parlare di esperimento. La stalla era stata ampliata più volte e ora ospitava circa cento vacche alle quali si erano aggiunte una trentina di capre. Il piccolo orto era diventato un vasto appezzamento dove, all'aperto o nelle serre, si coltivava ogni sorta di ortaggio. Le cose andavano così bene che padre e figlio si erano visti costretti ad assumere alcuni dipendenti per far fronte all'aumento del lavoro necessario a soddisfare tutte le richieste. Da circa un paio di mesi, poi, era stato aperto un piccolo negozio nel quale si vendeva direttamente al dettaglio quanto prodotto in azienda.

«Oggi vengono la mamma e Karolina» disse Johannes mentre versava il caffè nella tazza del padre stracolma del latte appena munto giù nella stalla.

«Sì, certo, me lo ricordo. Sono venute a trovarci spesso ultimamente. Chissà, magari comincia a piacere anche a loro questo posto, che ne dici?»

Johannes, che nel frattempo aveva messo in bocca un enorme pezzo di crostata di fragole, fece un mugugno di assenso, affrettandosi a ingurgitare un sorso di caffellatte nel tentativo di facilitare il transito nell'esofago di quel boccone evidentemente troppo grande.

Intorno a mezzogiorno, mentre il ragazzo si trovava chinato sul terreno intento a raccogliere delle piccole patate novelle, due mani morbide e affusolate gli si posarono sugli occhi, chiudendogli la vista.

«Buongiorno Karolina, ben arrivata!»

«Uffa, come fai a riconoscermi sempre?» disse la ragazza fingendosi stizzita.

«Finché continuerai a usare questa disgustosa crema per le mani che puzza di calzini sudati, sarà impossibile non riconoscerti, sorellina.»

«Scemo, è una crema speciale fatta con estratti di piante tropicali. Costa un occhio della testa, sai...»

«Sarà, se lo dici tu, ma secondo me utilizzano dei calzini usati per farla» continuò lui imperterrito «comunque ben arrivata. Dov'è la mamma?»

«Non è venuta, sai ha avuto un impegno di lavoro improvviso e non ha potuto dire di no al cliente.»

«Ah certo, mamma è sempre uguale: prima il lavoro, poi la famiglia, non cambia mai!»

«Johannes non dire così, sai che non è vero. Purtroppo ha scelto una professione che le occupa gran parte del tempo e se vuoi mantenere la clientela devi anche essere flessibile negli orari e disposta a rinunciare a parte della tua vita privata e poi...»

La ragazza non ebbe modo di finire la frase, Johannes la interruppe con un'enfasi inaspettata.

«... e poi ha sempre fatto così, anche quando noi eravamo piccoli. Mai una volta che ci abbia portati al parco come tutte le altre mamme, mai una volta in piscina mentre tutti i nostri amichetti facevano questo e altro. Di', te lo ricordi questo?» e così dicendo estrasse dalla tasca destra dei pantaloni un piccolo portapillole di legno chiaro. «È il regalo per la festa della mamma. Lo hai fatto tu a scuola quando avevi dieci anni. Quando lo portasti a casa eri così contenta come non ti avevo mai visto prima e la mamma cosa fece? Non lo guardò neanche. Con la scusa che aveva fatto tardi a un appuntamento con un cliente lo chiuse in un cassetto della scrivania dove è rimasto fino a due anni fa quando l'ho ritrovato. Vedi, lo uso per tenere le liquirizie che sgranocchio ogni tanto, così ogni volta che lo uso penso un po' alla mia sorellona.»

Karolina ricordava benissimo quel portapillole; lo aveva realizzato a scuola con l'aiuto della maestra e aveva deciso di regalarlo a sua madre nel giorno del compleanno, ma le cose erano andate proprio come descritto da Johannes e la delusione per la bambina era stata grandissima. A distanza di tanti anni, però, quella piccola ferita era ancora aperta nell'animo della ragazza, tanto che, alle parole del fratello, gli occhi le si erano inumiditi.

«Mi dispiace Karolina, non volevo farti piangere, dai vieni qui» disse Johannes abbracciando la sorella e tenendola stretta a sé per lunghi istanti, «mi dispiace, credimi, non volevo ferirti. Senti, facciamo così: non pensiamoci più e godiamoci questa giornata insieme, che ne dici? Vieni, andiamo, ti faccio vedere i piccoli agnellini. Sai, sono nati solo due settimane fa e sono proprio un amore, andiamo» e presa sottobraccio la sorella si incamminarono verso il recinto che ospitava le pecore con i loro piccoli.

La giornata trascorse tranquillamente tra una cavalcata e una passeggiata nel bosco che lambiva la proprietà alla ricerca delle deliziose fragoline con le quali padre e figlio producevano una squisita marmellata che andava a ruba tra i clienti dell'azienda agricola.

Scesa la sera, venne il momento per Karolina di riprendere la strada per Monaco.

«Ciao papà, ciao Johannes. Grazie per la bella giornata, sono stata veramente bene. È ora che vada, altrimenti la mamma si preoccuperà.»

"Figurati" pensò Johannes, "la mamma che si preoccupa per qualcuno di noi. Sarà così presa dal suo lavoro che non si sarà neanche accorta che non sei tornata."

Lo pensò ma, saggiamente, tenne per sé questo pensiero, evitando di esternarlo: separarsi da Karolina con un nuovo battibecco non era certo la cosa migliore da fare.

«Buon viaggio cara, fai attenzione e telefonaci quando sei arrivata a casa» si raccomandò Mathias mente la baciava dolcemente sulla fronte scottata dal sole che per tutto il giorno aveva picchiato con insolita durezza per il mese di settembre.

* * *

Sdraiato nel suo letto, con gli occhi aperti che scrutavano il buio lievemente rischiarato soltanto dalla luce della luna che penetrava dalla grande finestra della sua camera, Johannes rifletteva su quanto accaduto al mattino e sulla reazione di Karolina. Quella sorella che ai suoi occhi era sempre apparsa fredda e distaccata, apparentemente insensibile a quanto le accadeva intorno, aveva invece sofferto come e quanto lui durante l'infanzia e l'adolescenza per la mancanza di una figura materna al proprio fianco. Quella madre, sempre troppo presa dal proprio lavoro a tal punto da mettere in secondo piano la famiglia e i figli, aveva lasciato nell'animo dei due ragazzi un vuoto così grande e, per certi versi, incolmabile, che resisteva allo scorrere del tempo.

"Quando avrò una famiglia cercherò di non commettere lo stesso errore della mamma" pensò Johannes. "Un genitore ha il dovere di mettere al primo posto i propri figli e l'affetto e l'amore non possono di certo essere sostituiti dai soldi e dal lusso: sono sentimenti che non hanno prezzo e non possono essere comprati."

La notte avanzava e la fatica accumulata durante la giornata lentamente dava i suoi effetti: Johannes sprofondò in un sonno profondo, un sonno ristoratore e rigenerante che lo avrebbe preparato per una nuova giornata di duro lavoro.

Indice

www.ingramcontent.com/pod-product-compliance
Lightning Source LLC
Chambersburg PA
CBHW021924170626
46807CB00007B/2967